KB186407

아무튼, 쇼핑

아무튼, 쇼핑

조성민

위고

차례

가끔 아내가 클라이언트보다 무서울 때가 있다.

아내: 오늘 작업은 좀 했어?

    (무심한 듯 날리는 평범한 스매싱)

나1: 응? 별로… 예열이 덜 돼서….

    (한껏 경직된 리시브)

나2: 응? 오늘은 주로 자료를 모으는 날이라….

    (반 정도 거짓 리시브)

나3: 응? 오늘따라 회의 전화가 자꾸 오네….

    (굴욕적인 다리 삐끗 리시브)

아내의 공은 평이하게 네트를 넘어오는데 나는 왜 매번 허겁지겁, 그것도 종류를 바꿔가며 받아내고 있는지는 모르겠다. 언젠가 미국의 조각가 스티븐 디 스태블러 선생이 "예술가들은 작업을 하지 않는 고통이 작업의 고통을 넘어서야만 작업에 임하는 법이다"라고 한 말을 듣곤, 무릎을 탁 치면서 '음, 정말 그렇군!' 생각했다. 하지만 그건 결국 창작 작업을 하는 사람들만 절실하게 공감하는 것이 아닐까? 하여간 예열 안 된 몸뚱이를 의자 위에 앉혀놓고 작업 방향의 가닥을 잡기까지 정신적으로 어슬렁거리는 것은 늘 일어나는 일이다. 시간이 많을 땐 잘 보지도 않던 『까사 브루투스Casa Brutus』를 꼼꼼히 보고 앉아 있고 시곗줄을 금속에서 직물 밴드로 바꿔본다거나 아이튠즈 라디오에서 나오는 기타곡 연주자가 누군지 찾아보는 식이다. 이것도 저것도 아닌 날에는 아예 바다에 누워 둥둥 떠다니는 것도 꽤 삼삼한 일이다. 에메랄드빛 인터넷의 바다.

BMX 타는 할배

비가 내리던 저녁. 8시쯤 되었을까? 〈웃으면 복이 와요〉를 보던 6동 101호 둘째아들은 바깥 우편함 근처에서 쇠사슬이 부딪히는 소리를 듣는다.

"엄마 밖에 누가 있나 봐요. 자꾸 잘그락거리는 소리가 나요."

국민학교 저학년인 소년은 무서운 생각이 들어 엄마를 불러보지만 엄마는 설거지를 하느라 소리를 듣지 못한다. 소년은 결국 엄마 뒤에 숨어 1층 복도로 나가본다. 소년이 애지중지하는 자전거가 거기묶여 있기 때문이다. 깨끗했다. 같이 묶여 있던 자전거들과 함께 흔적도 없이 사라져버린 것이다. 톱으로 끊어낸 쇠사슬 조각 몇 개만 남긴 채. 그 저녁 소년은 그런 식으로 자전거와 동심을 도둑맞았다. 그 뒤로도 몇 차례, 트럭을 대놓고 자전거를 싹 쓸어가는 일이단지 곳곳에서 벌어졌고, 얼마 후에는 그 도둑들마저사라졌다.

예상하시겠지만 자전거를 도둑맞은 그 소년은바로 나다. 그 뒤로는 꽤 긴 시간 자전거를 탈 일이 없었다. "운전을 일찍 시작하셨나 봐요?"라고 물으신다면 서른여섯에 면허를 땄는데 '운전면허는 언제 취득해야 일찍인가?'라는 기준이 딱히 없어 뭐라고 드

릴 말씀이 없다. 한 가지 분명한 것은 시기가 언제든
자전거 타는 법은 몸에 한번 익으면 한동안 자전거를
타지 못하더라도 절대 사라져버리지 않는다. 그 도둑
놈들이 소년에게서 자전거 타는 법까지 훔쳐가진 못
한 것이다.

　　결혼하고는 우아한 크로몰리 프레임의 사이클
을 구입해보고 아이들에게도 자전거를 사주었지만
어렸을 때 잃어버린 그 은색 자전거는 왠지 늘 마음
한구석에 있었다. 왜냐하면 그 자전거는 BMX*였기

＊　　BMX는 'Bicycle Motocross'의 머리글자이다. 'cross'를
　　'x'로 표기한 것은 흔한 영어식 축약법이지만 이 경우엔
　　뜻까지 완벽하게 맞아떨어지면서 왠지 멋지다. BMX는 20
　　인치 바퀴를 사용하고 프레임의 구조가 일반 사이클에 비
　　해 낮고 안정감이 있어서 흙으로 된 트랙(트랙 경주용은 주
　　행 안정감을 위해 차축 길이가 기술 구사용에 비해 조금 길
　　다), 기물, 평지 가리지 않고 달리거나 기술을 구사하기에
　　이상적인 구조다. 개인적으로는 BMX가 가장 개성이 강
　　한 모양새라고 생각을 해왔지만 요즘은 자전거의 장르에
　　도 하이브리드한 형태가 생겨나고 스타일을 중시하는 인식
　　이 강해지면서 종류가 더 다양해지는 것 같다. MTB, 심지
　　어는 픽시로도 뜻밖의 장소에서 익스트림한 기술을 구사하
　　는 영상은 이제 심심치 않게 볼 수 있다. 참고로 우리가 흔
　　히 (자전거의 전형이라고 인식하는) 사이클이라고 부르는
　　자전거들은 700C라는 프랑스의 휠 규격을 사용한다. 투르

때문이다. 왜인지 모르겠지만 그때는 그 스타일의 자전거가 많았다. 1985년 영화 〈구니스〉에서 아이들이 보물지도를 들고 해안도로를 달리는 장면이 나오는데 주인공 마이키가 탄 자전거가 요즘 말하는 올드스쿨 타입의 BMX다. 아마도 인간이 만든 상품 중에 가장 균형 잡히고 아름다운 것 중 하나가 자전거가 아닐까 생각하는데(나머지는 기타와 안경 정도) 그래선지 제아무리 뛰어난 교통수단이 새로 나와도 자전거의 독보적인 영역은 침범당하지 않았다. 그리고 제아무리 멋진 자전거가 나와도 내 마음속 1순위 프레임은 아마도 BMX일 거다.

어느 해엔가 결국 나는 생일 찬스를 써서 내

드 프랑스 같은 전통 있는 자전거 경주대회와 함께 로드 자전거들이 발전해왔던 역사를 생각하면 이유를 쉽게 연상할 수 있다. 나머지 장르의 자전거는 대체로 휠 크기를 인치로 표시하는데 나는 20인치 휠에 맞게 다듬어진 BMX 프레임에 가장 매력을 느낀다. 이유는 모르겠지만 왠지 자유로움과 멋스러움을 품고 있는 느낌이다. 이름이 말해주듯이 진흙길에서 붕붕 날아다니는 모토크로스 바이크를 연상시키는 프레임이기도 하고. 자전거를 정말 사랑하는 분들은 철저하게 용도와 이유를 생각하는 것이 타당하겠지만 프레임 디자인에 주로 시선을 두는 나 같은 사람도 있는 것 아닐까? 매장에서 직접 보면 색들도 하나같이 너무 곱다는….

돈 내고 도둑맞은 동심을 다시 사기로 한다. 4130 (4130.co.kr)은 우리나라 BMX 1세대였던 사장님이 운영하는 전문 숍이다. 작은 매장에 빼꼭히 차 있는 프레임만 봐도 혼이 나가기에 충분한 곳이었다. 그런데 나는 그저 BMX의 디자인을 사랑하는 것이지 익스트림한 기술 구사와는 거리가 멀다. "어떤 스타일로 타실 건가요?"라는 사장님의 시크한 질문은 내 기술 성향을 파악하기 위한 것이었지만 "그냥… 타고 달리기만 할 거예요. 어렸을 때 타던 자전거가 이런 모양이었거든요"라고 모양 빠지는 대답을 할 수밖에 없었다. 음… 어쩌겠는가 사실인걸. 근데 고맙게도 잘 이해해주시고 안장 높이도 일반 자전거처럼 화끈하게 높여주셨다. 한마디로 어린이 세팅을 해줘야 하는 올드한 고객님이랄까(기술 구사에 방해가 되고 부상 위험도 있기 때문에 BMX는 안장을 싯튜브에 붙었다 싶을 만큼 낮게 세팅한다. 그러니까 안장에 앉아서 페달을 밟기는 아주 불편하고 늘 서듯이 엉덩이를 떼워야 한다).

요즘도 이 자전거(flybikes-proton)를 타고 마실을 나가면 "혹시… 묘기를…?" 하고 운을 떼는 분들이 있다. 홀쩍 높은 안장을 보고도 묘기 운운하는 건 그들도 역시 나처럼 BMX 디자인만 좋아하는 부류라는 증거다. 그나저나 민망하고 귀찮은데 헬멧 뒤에 "묘기 못 함, 달리기용"이라고 써야 할까?

비록 기어비도 고정이고 언덕길을 오르기도 힘든 자전거지만 오래오래 간직하고 가능하다면 할아버지가 돼도 가끔 탈 생각이다. 평생 간직하고 싶은 자전거가 또 하나 있는데, 얼리라이더라는 밸런스 바이크(earlyrider.com). 자전거를 처음 배우는 아가들이 균형감을 익히기 위해서 발로 밀면서 타는 식인데, 구동계는 없고 프레임과 바퀴로만 구성되어 있다. 그런데 이 프레임이 나무인 데다가 클래식 모터사이클 같은 디자인이어서 아들보다 내가 더 빠져들었다. 내가 이 자전거에 특별한 애착을 느끼는 건 두 아들 다 이걸로 자전거를 시작했기 때문이다. 작은 발을 뒤로 폴짝거리면서 흔들흔들 시작했는데 두발 자전거로 넘어갈 즈음에는 날아다니는 수준이 됐고 신기하게도 둘 다 하루 만에 두발 자전거를 타게 됐다. 아이들의 가장 귀여웠던 때의 모습이 이 자전거에 같이 있어서 가끔 그때를 떠올릴 수 있게 벽에 걸어둘 생각이다. 그만한 자격이 있는 자전거니까.

ㅅㅅㄱ

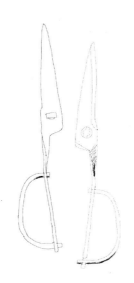

혹시 ㅅㅅㄱ(쓰윽) 해본 적 있으신지? 어… 아침에 쓰윽 했더니 오후에 쓰윽 도착했다더라 그런 거 말고. 위노나 라이더 씨도 취미로 가끔 하셨다는 그것. 음………… 도둑질 말이에요. 떳떳한 장르가 아니라서 입에 담기가 쉽지 않네요.

　　기억이 맞는다면 내 인생에 제대로 된 도둑질은 두 번 있었다. 그런데 그것이 양치질, 걸레질같이 흔히 하는 일은 아닌지라 잊고 싶다고 편의대로 메모리에서 지우기가 어렵다. 요동치는 심장의 박동이 순식간에 목의 혈관을 타고 귀 뒤로 올라와서는 관자놀이까지 두근두근하게 만드는 불쾌감이 ㅅㅅㄱ의 기억과 함께 원 플러스 원으로 딸려온다. 뭐 100m 달리기도 시작선에서는 비슷한 느낌이지만, 뛰고 나면 속이 시원하지 죄책감이 따라오지는 않는다. 상습적으로 도둑질을 하면서 내가 살아 있음을 느낀다고 고백하는 부류가 있다던데 머리로는 잠깐 이해가 가기도 하나 동참하기엔 내 경력이 다소 초라하다.

　　첫 번째로는 빵을 쓰윽했다. 지금은 무너지고 없는 삼풍백화점 옆이 그때 당시 강남 부촌이었던 삼풍아파트 단지였고(그전엔 미8군의 주택단지였다) 그

옆이 부촌과는 거리가 먼 극동아파트였다. 6동 101호 집 둘째아들이었던 나는 어글리한 동네 형들의 꼬임에 빠져 샤니 빵을 훔치게 된 것이다. 80년대였지만 독특하게도 극동아파트는 주상복합 형태였다. 중국집 안동장, 극동약국, 수입 식품점 등이 줄지어 있고 그 사이사이에 5층 아파트로 통하는 계단이 있는 식이다. 왜인지 모르겠지만 그때는 문방구에서도 철제 매대 위에 빵을 쌓아놓고 팔았는데, 밖에 놓여 있는 걸 국딩들이 노린 것이다. 나는 줄넘기 다발을 조몰락거리며 망을 보고, 형 1이 빵을 훔쳐 상가 위 아파트 계단 쪽으로 휙 던지면 형 2, 형 3은 잽싸게 받아 주산학원 가방에 넣는다. 성공했으니 유유히 걸어가도 될 텐데 그래도 아직은 깨끗한 영혼들이라 그러지 못한다. 쿵쾅거리며 쫓아오는 죄책감보다 빠르게 놀이터로 냅다 달려서 맛도 못 느끼고 빵을 먹어치웠다. 그러곤 한동안 문방구에 갈 때마다 두근거려서 여유 있는 쇼핑을 할 수가 없었다. 세월이 흘러 1998년에 재건축이 되고 서초 래미안이 들어서면서 그곳은 흔적도 없이 사라졌지만, 대략 37년이 지난 지금도 (나한테 압박이 제일 심한 역할을 준 형들 덕분에) 쓰읍의 긴장감은 남아 있다. 문방구 아저씨, 늦었지만 죄송했습니다.

두 번째 쓰윽은 나름 차분한 분위기에서 이루어졌다. '비중격 교정 비갑개 절제 수술'(성형은 아니에요)을 받기 위해 역시 강남의 'ㅅ' 이비인후과에 입원을 했는데 강남의 많은 병원이 그렇듯 유명세에 비해 환자 응대에 진정성이 없는 병원이었다. 수술비도 비싼 편이었지만 수술 전 환자가 심리적으로 안정감을 얻을 만한 구석이 별로 없었다. '환자 머릿수=돈' 냄새를 물씬 풍긴 곳이랄까? 사실 코 교정 수술은 뼈 깎는 소리를 직접 듣게 되는 아주 고약한 수술이다. 수술 후에도 상처 때문에 디스거스팅한 상황의 연속. 그러던 어느 날 저녁, 병원 복도를 어슬렁거리는데 간호사실 프런트에 있는 의료용 가위가 눈에 들어왔다. 복도에는 한동안 앉아 있어도 인기척이 없었다. 병원도 맘에 안 들던 차에 당직 간호사마저 안 보이는 이따위 병원 맛 좀 보라지 하는 심정으로 가위를 하나 쓰윽하기로 결정한다(응?). 조용하고 과감하게 실행했지만 예의 그 두근거림이 영락없이 내 등에 백허그를 하고 있었다. 떨쳐내듯 빠른 걸음으로 병실로 돌아가 가위를 재킷 안주머니에 쏙 넣어버렸다. 불안감도 함께.

두 번째는 왠지 처음보다는 빨리 잊혔다. 그러곤 몇 달 뒤에 의료보험공단에서 환급고지서가 하나

왔는데 'ㅅ' 이비인후과가 의료비를 과다 청구했으니 일부를 환급한다는 내용이었다. 내가 선견지명이 있었던 걸까? 가위로 자체 환급을 하다니…. 그나저나 의료보험공단은 생각보다 일을 꼼꼼하게 하는군 음음…. 이렇게 두 번째 도둑질은 자기 합리화 속에 잊혀갔다.

그런데 뜻밖의 수확은 이 훔친 가위가 꽤 괜찮다는 것이다. 힐브로(Hilbro)라는 의료기 회사에서 만든 '마요(mayo)'라는 모델인데 힐브로는 주로 수술용 가위, 겸자를 생산하는 파키스탄 회사이다. 1961년에 설립되었지만 실제 제조 역사는 1916년부터라고. 나는 이 가위로 하드보드도 자르고, 긴바지를 반바지로도 만들고, 수많은 택배 박스를 열고, 플라스틱 부품도 잘라냈으며, 공구가 궁할 때는 전선이나 철사까지도 잘랐다. 15년간의 혹독한 사용기에 비해 날에 흠집조차 없을 만큼 만듦새가 좋다. 그렇다고 절삭력이 탁월한 건 아니다. 그저 손동작에 정확하게 반응하는 느낌이다. 치료실에서는 봉합 실을 자르고 거즈를 가르는 정도면 되니 아마도 실수 없이 주고받아야 해서 날 구간은 짧고 손잡이가 긴 것 같다. 그래선지 일반 가위에 비하면 손의 피로도는 좀 크다. 안

전과 소독의 문제 때문인지 가위는 모난 부분이 전혀 없고 전체가 납작한 유선형이다. 가위를 연결하는 힌지도 이 유선형에 완벽하게 흡수돼서 매끈하다. 독일제 스테인리스를 야무지게 조립해서 시간이 지나도 날이 서로 들뜨지 않는다…. 이렇게 뜯어보면 아마 한도 끝도 없겠죠? 사실 예쁘니까 오래 쓰는 거지 분석이 뭐 필요할까. 〈007 스카이폴〉에 나오는 애스턴마틴같이 생긴 가위군. 잘 만들었으니 오래가겠지. 애들 있는 집에서 쓰기 안전한 가위다 정도만 해도 썩 괜찮은 물건이라고 생각합니다.

그리고 보니 오래 사용하고 있는 가위가 또 하나 있는데 미용가위. 나는 뒤통수가 납작한 데다 쌍가마라서 모발로 어느 정도 뒤통수 볼륨을 만들어줘야 하는 우울한 두상을 가지고 태어났다. 그래서 모자를 챙겨오지 않은 이상 대중교통을 이용하면서 앞으로 졸았으면 졸았지 의자에 머리를 대고 자는 법이 없다. 뒤통수가 눌리면 흉하기 때문이다. 그런데 대체로 헤어디자이너 분들은 미리 협의를 해도 결코 내 입맛대로 머리를 잘라주는 법이 없다. 왜냐하면 그분들은 나보다 두상과 모발에 정통한 디자이너이기 때문인데… 이해는 한다. 예술은 개인적인 영역이기도 하니까(하지만 그 머리를 달고 다녀야 하는 건 나라고요).

완벽한 의사소통과 고객 백 프로 만족은 사실상 별개의 것이다. 그래서 어느 날 스스로 머리를 깎아보기로 하고 기장가위와 숱가위를 영입했다. 초기에는 기장가위로만 오랜 시간 머리 전체를 깎아보기도 하고(머리에 단층이 생긴다) 반대로 숱가위로만 해보기도 했다(머리가 정리가 안 됨). 수많은 시행착오를 겪은 것이 대략 10년. 이제는 손거울을 욕실 거울에 비추고 뒷머리도 그럭저럭 자르는 정도는 된다. 오른손잡이면 왼쪽 뒷머리는 어떻게 하느냐고요? 거울이 반대로 상을 보여주기 때문에 헷갈리긴 하지만 이제 그마저도 적응이 돼서 어찌어찌 자른다.

물론 그사이에도 미용실에 가기는 했다. 미용사들이 가위를 어떻게 쓰는지 보려고. 초기에는 누가 머리를 이렇게 해봤냐고 핀잔도 많이 들었다. 어쨌건 미용사가 앉혀놓고 머리를 만질 때와 스스로 자를 때는 높이가 다르기 때문에 결국은 내 나름의 방식을 정하고 미용사의 고급 기술은 참고만 하는 정도여야 한다. 미용가위는 독특한 점이 하나 있는데 가위를 연결하는 힌지가 볼트로 돼 있어서 사용자가 자신의 손감각에 맞게 날을 조여 사용할 수 있다(다 그런 것은 아닙니다). 손으로 모든 것을 끝내는 커트 작업은 고도의 섬세함을 요구하기 때문에 이런 장치가 있는 것 같다. 한 개에 천만 원을 훌쩍 넘길 정도로 미용가위의 세계는 심오하고 화려하다고 들었다. 물론 나는 뭣도 모르고 편한 대로 적당히 조여서 쓰는 수준이고 오랫동안 날카로움을 잘 유지하는 내 장비(?)도 충분히 훌륭하다. 물론 훔친 것은 아니다.

마지막으로, 탐나는 가위가 하나 있는데 토리베(Toribe)라는 스테인리스 가위다. 가장 큰 특징은 고정된 힌지를 돌리면 두 개의 날이 분리된다는 점이다. 위생적으로 관리하기에 안성맞춤이어서 그런지 식당에서 사용하는 걸 우연히 보게 됐다. 간장게장처럼 딱새우(제주에서 많이 먹습니다)를 장에 숙성했다가 밥과 같이 나오는 메뉴를 택했는데, 이 가위를 하나씩 내주었다. 가윗날까지는 평범한데 두 몸체가 힌지 아래에서 세로로 90도씩 틀어진 후에 막대 모양으로 얇게 끝난다. 손잡이가 없는 형태인데 이 막대 끝에 두께 3mm 전후의 스텐봉을 둥글게 휘어서 막대에 꽂아놓은 모양으로 손잡이를 대신하고 있다. 애당초 주방가위 정도를 염두하고 만들어서 섬세한 손놀림을 뒷받침해주는 손잡이로 설계하기보다는 디자인과 위생에 치중한 것 같다는 생각이 든다. 아무튼 이 손잡이의 모양이 아주 독특하고 멋스럽다. 분리된 모양을 보고 상상하건대 날만 잘 살아 있으면 급할 때 채소칼 정도로는 사용할 수 있겠다는 생각도 든다.

그러고 보니 세상에는 참 다양한 가위들이 있다. 각자 적재적소에서 열심히들 일하는 가위만 소개하는 책도 꽤 재미있을 것 같다(이미 나왔을 것도 같고). 그나저나 도둑질은 꽤 불쾌한 경험인데 크게 자주 하는 양반들은 가위 안 눌리고 잠이 잘 올까?

브로큰윙스와 땡스북스

아주 가끔 보고 싶은 사람이 있는데 홍대 앞 퍼플레코드 사장님. 서로 전화번호를 아는 사이는 아니다. 한때 우리는 소위 가게 주인과 단골손님의 관계였던 것이다. 몇 해 전 오프라인 매장은 문을 닫았고 온라인으로만 운영 중이다. 퍼플레코드 위 미술학원에서 소묘 강사 아르바이트를 했던 1998년 즈음, 월급을 받으면 쪼르르 내려가서 주로 락('락'은 왠지 헤비하지 않다)과 일렉트로닉 음반을 사곤 했다. 그 당시 최고의 호사였다. 꼭 음반을 사지 않아도 일주일에 한 번 정도는 꼭 들렀다.

근데 이 사장님이 매우 독특한 분인 게 음반에 대해서 질문을 하면 말릴 틈도 안 주고 CD 비닐을 거침없이 북 뜯어서 음악을 들려줬다. 처음엔 적잖이 당황했는데 이건 '음악을 어떻게 설명을 하니, 들어봐야지'라는 뜻이었다. 비닐을 뜯은 음반은 산 적도 있고 그러지 않은 때도 있었다. 시간이 지나고 결국 그분한테 적응은 했지만 그렇다고 나도 그걸 당연하게 생각한 적은 없었다. 또 어떤 때는 공CD에 좋아하는 곡으로 편집 음반을 구워주기도 했는데, 안타깝게도 지금은 가지고 있지 않다. 그래도 덕분에 꽤 좋아했던 소울라이브(soulive)라는 애시드 재즈 밴드를 알게 됐다. '비닐 부-욱!'은 지금 생각하면 나에게 베

풀어준 최고의 배려였다는 생각이 든다. 직설적이고 섬세했으며 재밌고 진지한 형님이었다. 가늘고도 살짝 납작한 그 목소리가 그립다.

잡지 기사는 옆자리 사람이 읽는 걸 훔쳐보는 게 제일 재미있듯이, 좋은 곡은 독립서점이나 카페에서 흘러나오는 것을 우연히 듣는 것이 제맛이다. 서울에 업무가 있어 홍대에 갈 일이 있으면 나는 주로 땡스북스에 들러서 책을 뒤적거리거나 그릴파이브에서 비프 타코로 허기를 달랜다. 그날도 단행본 표지들을 훑고 있는데 어디서 들어본 듯한, 꽤 좋은 노래가 흘러나왔다. 실례지만 이 곡명 좀 알 수 있을까요, 물으니 아이맥 화면을 통째로 시크하게 돌려준다. 아마도 자주 있는 일인가 보다. 그리고 자기가 튼 것이 아니고 스트리밍이란 뜻인 듯. 아하! ‹Broken Wings›라는 곡이었군요(미스터미스터Mr.Mister가 1985년 발표한 곡)! 형이 테이프로 가끔 듣던 곡인데 원곡은 과다한 호소감에 전형적인 팝 발라드이다.

그날 새로 들은 곡은 정말 차분하고 편안한 재즈풍으로 재해석된 것이어서 양해를 구하고 이름도 얼른 촬영한다. 닐스 란드그렌(Nils Landgren). 스웨덴의 세계적인 트롬본 주자이자 싱어라고. «Eternal

Beauty》 앨범은 팝과 재즈 곡들 모음집인데 대부분의 곡이 닐스스럽게 아름답고 편안하게 편곡되었다. 트롬본도 기교보다는 담백하게 절제해서 연주하는 편이다(어찌 보면 최고의 기교일 수도). 그래도 울림이 크다는 건 그가 세계적인 인물이어서일까, 정말 음악을 즐기기 때문일까. 아무튼 아내가 가끔 크게 틀어놓는다는 건 명반이라는 증거다. 즐거운 점은 닐스 씨 덕분에 ACT라는 신선한 재즈레이블도 알게 되고 아직 그의 앨범은 안 들은 것만 서른두 개다. 야호! 고마워요, 닐스 씨&땡스북스.

"올 때마다 새 음악이 나오네요. 부지런하신가 봐요."
내 말에 카페 사장님이 입꼬리를 살짝 올리며 우월감을 드러낸다.
"스포티파이로 틀었어요. 스트리밍 채널이 많아서 걍 틀어놓는 거예요."
"스… 그거, 자세한 얘기 좀 들어볼까요?"

그로부터 스포티파이를 처음 들었을 때 난 스트리밍이라곤 아이튠즈에서 라디오를 듣는 게 다였다. 월 7천 원에 네이버 뮤직에서 음반을 찾아 듣기도 했지만 본격 스트리밍이라고 하기에는 검색에 한계가 좀 많았다. VPN 우회니 아이튠즈 국가 변경이니 내키지 않는 과정이 좀 있지만 홈택스에서 원천소득영수증 받는 것보단 어렵지 않아서 가입했는데… 세상 편하다.

CD에서 음원을 추출하고 정리해서 아이팟으로 듣던 시기에 내가 배운 것은 '아끼는 음반일수록 전체를 들어야 해. 좋아하는 곡만 따로 빼서 모아놓지 말 것!'이었다. 카세트테이프 시절도 좋아하는 곡만 앞으로 돌려서 플레이하는 방법이 가능했지만 테이프가 늘어지기도 했고 곡과 곡 사이의 지점을 찾기도 어려워서 자주 반복을 하지는 않았다(그게 또 연습하면 된다. 녹음된 구간은 감길 때 삐리리리릭 하고 소리가 나는데, 이 소리가 안 나는 부분이 곡의 사이 구간인 것이다). 아무튼 'favorite song' 폴더에 좋아하는 곡을 모으고 쉽게 다음 곡으로 넘길 수 있는 기능은 아주 편한 점이자 동시에 좋아하는 곡을 빨리 질리게 만드는 나쁜 면이 있다. 물론 음반 단위로 들어도 스킵은 여전하다. 다 아는 곡이라 그렇다. 그렇다면 방법은 하나뿐! 남이 골라놓은 리스트로 듣는 것이다. 내가 스트리밍이 괜찮다고 생각하는 이유다. 물론 새로운 음악을 알게 된다는 점도 즐겁고. 손바닥 뒤집

허듯 하루에도 몇 번씩 바뀌는 마음에 맞추기에는 스트리밍 채널이 딱이다.

지금은 애플뮤직과 스포티파이*를 동시에 이용하고 있는데 둘 다 만족한다. 애플뮤직은 주로 뮤지션을 검색해서 음반 위주로 저장하는 데 쓴다. 에센셜이라고 곡을 모아놓은 채널을 쓰긴 하는데 음악가 기준으로는 방대하지만 무드별로 선곡해놓은 채널은 종류가 약간 아쉽다. 그런 종류의 스트리밍은 단연코

---

* 애플뮤직과 스포티파이는 사실 얼마 전에 좀 다퉜다. 경쟁 관계이기도 하지만 둘이 애플의 인앱(in-app)결제 수수료와 독점적 권리에 대해서 견해 차이를 보이더니 급기야는 스포티파이 앱의 업데이트를 애플이 거부하기에 이른다. 스포티파이는 한국 계정으론 가입이 불가능하기 때문에 우회해서 프리미엄 계정을 얻었는데 잠깐 아이튠즈 국가를 변경한 사이 정기 결제가 안 되는 바람에 계정이 정지되었다. 이미 국적이 들통나서 복구는 불가능했고 그 후 스포티파이의 인앱 결제 옵션 자체가 없어지게 됐다. 이 상황은 결국 집에 있는 오디오 스피커를 활용하고 싶어서 구입한 그라모폰(와이파이로 스트리밍 채널을 오디오로 연결해주는 장치. 프리미엄 계정만 지원한다)도 날리게 됐다는 뜻이다. 애플뮤직을 사용한 건 이때부터인데 애플이 노린 고도의 전략인지도 모른다. 어찌 됐건 결국은 스포티파이를 잊지 못하고 다른 무료 계정을 만들어 쓰고 있다. 왜냐하면 스포티파이를 살짝 더 편애하기 때문에.

스포티파이인 것이다. 두 사람 다 훌륭하지만 왠지 더 끌리는 사람이 있듯이.

　스포티파이는 첫째, 앱 디자인이 쉬우면서 멋지고 둘째, 브라우즈 안에 장르 분류가 잘되어 있다. 셋째, 그 장르 구분이 신선하다. 예를들어 'Focus'라는 장르에 들어가면 'Peaceful piano', 'Calming acoustic', 'Zen focus' 같은 채널들이 있는 식이다. 넷째, 채널 디자인에 들어간 사진과 서체들이 적절해서 청취욕이 생긴다. 다섯째, 브라우즈-채널-곡에 이르는 흐름이 간단 명확하다. 아이를 데리러 차로 제주 중산간을 올라갈 때나, 서우봉 해변에서 자리 깔아놓고 주인과 공놀이를 하는 강아지를 멍하니 보고 있을 때, 만춘서점 야자수 앞에서 글을 끄적거리고 있을 때, 신기하게도 대략 어울리는 채널이 있다니까요 글쎄. 분위기를 맞춰주는 아름다운 서비스인 셈. 만족하니 두 앱의 불편함 점은 쓰지 않기로 합니다.

　퍼뜩 든 생각 하나. 사이클을 타고 쭉 뻗은 길을 달릴 때 최고의 곡은 템퍼 트랩(The Temper Trap)의 ‹Sweet disposition›이라고 생각한다. 사람의 기억은 상당 부분 어떤 곡하고 연결이 돼 있을 수 있다는 생각이 든다. 단편적이지만 내가 지나온 그 시간의 분위기까지 고스란히 재생되기도 하는데… 혹시 여러분도 그런가요?

En otra parte

앞서 말했듯이 나는 가끔 에메랄드빛 검색의 바다에 누워 있는 걸 즐긴다. 누가 시키지도 않았지만 그날도 ECM 레이블의 최근 앨범 동향 근처에서 둥둥 떠다니다가 헝가리 출신의 기타리스트 조피아 보로시(Zsofia boros)의 《En otra parte(다른 어딘가에서)》음반을 만나게 된다. 세상에. 보통 두세 곡만 좋아도 건졌다, 라고 생각하는데 전곡이 다 좋다. 비록 인테리어 소품처럼 돼버렸지만 기타(연주)가 인생 최대 관심사 중에 하나인지라 자연스럽게 구글 검색에 들어간다. 검색어는 'Zsofia boros En otra parte Tab'. 타브는 태블러추어(tablature)의 약어로 5선 악보가 아니고 기타 현의 숫자에 맞춰 6선 악보에 기타 프렛의 운지 위치가 숫자로 적혀 있는 방식의 악보다. 이쯤 되면 눈치 채셨겠지만 난 악보맹인 것이다.

　타브 이야기를 약간 더 하자면, 기타 악보만 있는 것이 아니고 베이스 기타나 우쿨렐레처럼 4현으로 된 악기는 악보가 4줄이다. 사실 시작은 5선 악보보다 약간 먼저라고 한다. 기타의 선조 격인 류트와 스페인식 류트인 비우엘라가 유행하던 15-17세기 르네상스와 바로크 시대에 음표를 사용하지 않는 기보법이 고안되었는데 이것이 태블러추어의 시작이었다고 한다. 악기의 인기가 식으면서 자연스럽게 타브 악보

사용도 줄었다고. 현대에 와서는 음악을 하는 사람에게 5선 악보가 표준이지만, 보편적인 음악 교육을 받기만 하면 모든 사람이 악보를 보면서 즉석으로 악기를 연주할 수 있을까? 그렇다면 타브 악보는 다시 환생하지 않았으리라 본다. 그 현기증 나는 음표를 온 세상 사람이 똑같이 이해하고 있는 광경은 상상만 해도 왠지 뒷목이 뻣뻣해진다.

　잠깐 샜는데, 이 앨범으로 타브를 검색한 이유는 무엇보다도 음악이 아름다웠고 몇 곡은 그럭저럭 연주에 도전해볼 만하다는 판단이 섰기 때문이다. 검색 결과가 나오면 바로 이미지 보기로 넘어가야 한다. 전체 분류에서 일일이 페이지를 열어 확인하자면 끝이 없기 때문이다. 이미지로 악보가 보인다면 링크를 타고 들어가 쓸 만한 악보인지 본다. 예상대로 결과는 좋지 않다. 돈이 안 드는 검색만으로는 아티스트나 CD 재킷 사진이 전부이다. 그게 세상 이치인 것이다.

　마감이 빌모레지만 곡명별로 하나하나 따로 검색하기로 한다. 조피아 보로시는 여태까지 음반을 네 장 발매했는데 자작곡보다는 대부분의 클래식 기타 연주자들처럼 다양한 연주가, 작곡가의 곡을 재해석

하는 곡 구성을 선호하는 타입. 다만 현대 작곡가에 좀 더 비중을 두고 있기 때문에 ECM 레이블이 지향하는 분위기와 접점이 있다는 생각이 자연스럽게 든다. 조피아 씨의 곡 해석 능력이 뛰어나기도 했지만 나일론 현에 공명감이 있는 레코딩을 시도한 ECM의 시도도 멋졌다고 생각한다. 아무튼 곡명별 검색이 좀 효과가 있다. 3번 트랙 ‹Eclipse›는 ‹Shape of my heart› 연주로 유명한 도미니크 밀러의 자작곡이고 4번 트랙 ‹Un dia de noviembre›는 많은 연주자들이 즐겨 연주하는 곡이라 바로 타브 검색이 됐다. 2번 ‹Callejón de la luna›도 검색이 됐지만, 플라멩코 기타 주법인 데다가 7분이 넘으니 타브를 안 봐도 넘사벽이라 패스. 나머지 곡들은 타브 악보들이 간혹 검색이 됐지만 개인이 휘갈겨 채보했거나 텍스트 생성기로 만든 암호 같은 타브인데 5선 악보만큼이나 현기증 나고 곡의 일부분만 표기가 되어 있다. 제대로 된 5선 악보는 검색이 되지만 어차피 나한테는 무용지물이고… 필요한 곡만 타브로 사고 싶단 말이죠, 나는.

결국 나를 타브 악보 검색의 새로운 길로 인도한 것은 첫 번째 트랙이었다. '슬픈 노래'라는 뜻의

〈Canción Triste〉는 말 그대로 정말 슬프다. 버스 차창 너머로 먹구름이 가득했던 날 이어폰으로 들어보고는 푹 빠지게 되었는데 가혹하리만큼 악보가 없었다. 그래서 더욱 슬퍼졌다고나 할까. 혹시나 해서 유튜브 연주 영상을 검색했는데 콧수염을 기른 콜롬비아 카르텔 부두목스러운 대머리 아저씨가(물론 이런 분도 멋진 연주를 할 수 있습니다) 이 곡을 연주하는데 깜짝 놀랐다. 악보에 충실할진 몰라도 감흥이 전혀 안 느껴졌기 때문이었다. 그만큼 조피아 씨의 연주는 엄청난 분위기와 신비감을 뿜어내는 것이었다. 이때 괴리감 사이를 비집고 올라오는 생각, '주여, 악보만이라도 손에 넣고 싶습니다. 그 후엔 음반이랑 비슷하게 어떻게 되지 않겠습니까?'

정말 마지막으로 '유료' 타브를 제공하는 사이트를 검색했다. 사실은 처음부터 이쪽 해변에서 둥둥 떠다녀야 했다. 29.99달러(자그마치 평생 멤버십. 정말 싸지 않나요?)를 내자 허망할 정로도 단박에 '슬픈 노래'를 만날 수 있었다. 기쁘고도 슬펐으며 포기하지 않아서 다행이었다. 좋은 타브 악보는 채보하는 사람의 수준이 결정하는데 유료 사이트들은 이런 곳에 비용을 쓰기 때문에 좋은 악보들이 있는 것이다. 무료 사이트에서 여러 버전의 악보가 검색되어도 별점이 낮은 악보는 보지 않는 것이 정신 건강에 이롭다. 아, 사이트를 얘기 안 했군요. 타브프로입니다. 탄력을 받아 검색의 파도에 몸을 맡기다 보니 송스터(songsterr)라든지 마이송북(mysongbook)같이 타브들이 가득한 아름다운 섬에도 발을 들여놓게 됐다. 딱 한 곡만 빼고 《En otra parte》의 악보 전부를 찾은 것은 말할 것도 없고.

그 후론 주로 이 세 개의 사이트를 애용하는데 각각 장단점이 있다. 우선 공통점은 세 곳 다 악보를 찾으면 독자적인 자체 플레이어로 컴퓨터에서 음악을 플레이 해볼 수 있다. 실제 악기 소리가 나는 건 아니고 연주 지점을 체크할 수 있는 바가 악보를 훑고 지나가면서 음이 나는 수준이다. 사이트마다 플레이 템포를 조절하거나, 구간 반복, 악보 프린트 등 옵션을 두고 있는데 유료 회원이 돼야 기능을 완전히 쓸 수 있게 해놓았다. 앱은 타브프로와 송스터만 있다.

타브프로 plus.ultimate-guitar.com/tab-pro
평생 멤버십 29.99달러. 보유 곡의 수가 송스터만큼 방대하다. 송스터 검색을 우선으로 하지만 곡이 없으면 여기에 있는 경우가 많다. 플레이어의 음이 조금은 조악하고 연주 멜로디의 템포가 좀 기계적으로 들리도록 세팅되었지만 악기음과 유사한 사운드 패키지를 받으면 그나마 나아진다. 동일 곡이라도 다양한 악기 버전의 악보가 별점제로 운영돼서 선택하기 쉽게 해놓았다. 치명적인 단점은 프린트를 했을 때 음악 기호가 거의 배제되어 있고 타브 숫자 크기가 너무 작아서 악보가 마치 나치가 쓰던 암호 같은 느낌이 든다. 노안이 슬슬 오는 터라 처음에 적잖이 당황했다.

송스터 songsterr.com

　송스터프로로 매월 9.90달러. 팝부터 재즈, 클래식 곡까지 방대한 악보가 있고 대중적인 곡에 좀 더 초점이 맞춰져 있다. 타브프로와 함께 검색하면 효과적이다. 악보 기호 표시가 풍부하고 플레이어에서 들려주는 음악도 기계적이지 않아서 제법 원곡의 필이 느껴진다. 프린트 악보도 꽤 훌륭한데 음표의 길이 표시까지 돼 있어서 내 수준에선 흠잡을 데가 없다. 또 하나의 장점은 코드를 잡고 노래만 흥얼거리고 싶은 사람을 위해서 가사와 코드만 표시되게 전환할 수 있는데, 모르는 코드는 마우스를 가져가면 운지까지 나온다. 개발자들이 기타를 배울 때 아쉬웠던 경험을 작심하고 반영한 듯한 느낌이랄까? 송스터프로가 아니면 프린트가 안 되고 구간 반복이나 재생 속도 조절은 전용 앱에서만 가능하다.

마이송북 mysongbook.com

곡 단위로 결제 가능 2.99달러. 매월 이용료 2.99달러. 월 이용료와 한 곡 이용료가 동일한 묘한 가격 정책을 쓰고 있는데, 정기적으로 쓸 만큼 방대한 곡을 보유한 곳은 아니다. 악보 프린트만큼은 가장 멋지게 나온다. 타브 상단에 5선 악보가 같이 나오기 때문에 악보의 정보 면에선 가장 완벽하다.

그런데 무료 사이트는 다 거기서 거기인가 하면 꼭 그런 것도 아니다. 릭바이넥(lickbyneck.com)이라는, 사이트 디자인에 비해 내용이 보석 같은 곳도 있는데 이곳은 주로 재즈 무드의 핑거스타일 악보가 주를 이룬다. 그런데 이 사이트는 놀랍게도 팻(Fatt)이라는 분이 홀로 기부만으로 운영하고 있다. 상당히 많은 곡이 차곡차곡 쌓여온 느낌인 데다가 마틴 타일러(Martin taylor), 조 패스(Joe pass) 같은 전설의 재즈 기타리스트의 악보부터 재즈 핑거스타일로 편곡한 OST나 팝송, 캐럴까지 총망라하고 있다. 한 가지 장르만 고집하는 정겨운 소극장 같은 느낌이 물씬 풍긴다. 가장 놀라운 점은 악보를 다운받으면 자체 플레이어로 열리는데 음악과 동시에 하단에 타브가 나오면서 동시에 상단에는 기타 지판 그림에 운지가 점으로 표시된다. 운지가 매순간 바뀌는 재즈 핑거스타일 연습에서 오는 스트레스를 줄이려고 고안해낸 방법으로 보인다. 나야 정통 재즈곡은 흉내도 못 내지만 단순한 팝재즈 곡이라면 너무나 유용할 기능이다. 왜냐하면 타브 연습도 쉽지만은 않은 게 프렛 숫자를 따라가면서 역으로 운지를 이끌어내고 익히는 것이 맘처럼 능숙하게 안 되기 때문이다. 아무튼 이런 배려도 모자라서 이 사이트는 대부분의 악보를 동영상으로 링크해서 들어보고 다운이 가능하게 해두었다. 심지어 '이 곡을 악보로 만들어줄 수 있나요?' 메뉴도 있다. 존경합니다, 팻! 실력이 늘면 더 자주 이용할게요! 기부는 벌써 했답니다.

물론 이렇게까지 해도 구할 수 없는 악보는 여전히 너무도 많다. 그건 누군가가 곡을 악보로 전환하지 않았기 때문이지만(당연한 얘기군요) 월드 뮤직으로 갈수록, 비주류 뮤지션일수록 심해진다. 얼 클루(Earl klugh)는 월드도 아니고 비주류도 아니며 한 시대를 풍미한 재즈 뮤지션이지만 변변한 악보책 하나 없어 〈Any old time of the day〉라는 곡을 한 달 넘게 찾다가 일본의 어느 사이트에서 1만 4천 원 정도를 주고 산 일이 있다. 물론 내 개인적인 사정이다. 얼 아저씨가 악보책을 냄으로써 자신의 아름다운 음악을 누구나 기타로 치는 것을 원치 않았을 수도 있다. 아쉬운 사람이 우물 판다고 악보맹의 음악 생활은 이렇게 고충이 좀 있다. 그리고 타브 악보의 한계를 지적하는 의견도 꽤 있다. 운지를 지정하기 때문에 틀에 갇힌 전개를 할 수 있다는 지적도 있고 악보를 보는 실력이 늘지 않는다는 의견도 많다. 하지만 나의 연주 생활도 나름 괜찮다고 생각한다. 더디지만 즐기고 있고, 조피아 보로시 같은 구체적인 음악적 취향도 있으며, 타브만 치다 가기에도 악보는 차고 넘치며 인생은 짧다, 라는 생각도 있다.

요 며칠은 보사노바 해변에서 둥둥 떠다니고 있는데 한동안은 여기서 심심치 않을 듯하다. 그나저나 마을 어부 아저씨가 배를 타고 나가며 한마디 할 것 같다. 어이, 이젠 기타를 좀 치게나. 마감도 하고.

+ 코드 위주로 가볍게 곡을 즐기기에는 리프스

테이션(riffstation.com)이 최고라고 생각한다. 기타 제조사인 펜더(fender)에서 만든 사이트인데 원하는 곡을 검색하면 자체 플레이어가 아닌 유튜브 영상이 나오고 그 아래로 코드가 나온다. 옵션에서 카포 위치를 변경하면 코드가 자동 수정되어서 쉬운 코드로 연습하기에 꽤 편리하다. 유튜브 영상임에도 불구하고 템포 조절까지 가능하다.

order number BDA-990-40141677966

어떻게 검색하게 되었는지는 기억이 잘 안 난다. 구글에 "free delivery worldwide book store"라고 즉흥적으로 썼겠지 아마도. 구매 이력을 보니 첫 구매가 2012년 10월 25일이다. 수채화 관련 자료로 지금까지도 가장 좋아하는 파브리스 모아로(Fabrice Moireau)의 풍경화집(본인이 다닌 도시별로 작업했는데 시리즈가 꽤 여러 권이다)을 세 권, 클림트의 풍경화집 한 권, 극사실주의 화풍의 작가 로버트 베흐틀(Robert Bechtle)의 화집, 그 밖에 자잘한 책 두 권, 무려 195불어치를 뭐에 홀린 듯이 주문했던 것 같다. 그때는 파주에서 한창 개인 작업실에 출근하면서 회화 작업을 해보려고 캔버스까지 가끔 사들였던 시기였다. '음… 그때는 주로 풍경화에 관심이 가 있었군', 다시금 생각이 난다. 그 영향으로 2013년 암스테르담 가족 여행은 아이들 사진보다 풍경 사진을 더 많이 찍었고 마르켄이라는 마을을 오일 파스텔로 그린 풍경화는 아직도 미완성 상태로 가지고 있다. 의욕이 앞섰던 구매 목록을 보는 건 살짝 부끄러운 예전 일기를 보는 것 같은 느낌이다. 아, 어느 곳의 구매 목록인지 밝히질 않았군요. 북디포지토리(Book Depository)라는 영국 온라인 서점 이야기입니다.

물론 요즘은 이렇게 한꺼번에 구매하는 일은 거

의 없다. 많아야 두세 권? 시간이 지날수록 작업 계획
도 현실적, 합리적으로 바뀌고 책의 내용은 검색으로
(주로 그림, 사진책이기 때문에) 먼저 살펴보기 때문
이다. 구글 이미지를 보면 책의 퀄리티가 대략 파악
이 되고 아마존의 'Look inside'를 통해서 안을 들여
다보는 방법도 있다. 화집의 경우 페이지 수를 보고
가성비도 가늠해본다. 같은 호크니의 화집이라도 36
페이지짜리 하드커버보다는 170페이지 페이퍼백에
그림이 많겠지, 하고 양으로 고르는 경우도 많다. 이
런 검색이 서점에서 책을 집어 들고 찬찬히 넘겨보는
맛에 비할 수는 없지만 비닐로 봉해진 책을 못 볼 때
의 안타까움을 생각하면 나름 '평균치의 파악'까지
는 가능한 셈이니 그럭저럭 만족스럽다. "아무리 세
상이 변했어도 책은 서점에 가서 손에 들고 살펴봐야
지 검색이 뭐람! 그런 것들이 모두 영감으로 슬슬 변
신한다고!" 이런 조언을 하신다면 그것 역시 충분히
공감이 됩니다. 왜냐하면 저도 그랬으니까요. 그런데
그게 외국책이라서 죄다 들고 볼 방법이 없네요. 게
다가 산 책들 중에는 책을 펼치는 순간 영감을 얻거나
두고두고 다시 꺼내보며 감동을 받는 경우도 있지만,
의미 있는 것으로 변신하지 못한 채 잊혀 도서관이나
분리수거함으로 향하기도 한 경험… 나한테는 조금

있다. 사실 자료라는 핑계로, 새로운 자극을 받기 위해서라는 구실로 과소비하기 가장 쉬운 장르가 책과 음반이라는 것, 인정할 수밖에 없다. 그걸 줄여줄 수 있는 방법은 역시 검색뿐!

이 시점에서 '해외 온라인 서점에서 책을 주문한다면서 가급적 여러 권 주문해야 배송비 이득이 아닌가?'라고 생각하시는 분이 계실 수도 있다. 내가 아마존에서 검색하고 북디포지토리에서 구입하는 가장 큰 이유는 한 권만 주문해도 전 세계 어디든 배송비가 무료이기 때문이다. 이 서점이 크게 성장한 이유이기도 하고 구매자들도 그 덕에 부담 없이 책을 살 수 있게 됐다. 해외 원서 구입을 맘먹고 몰아서 해야 하는 패턴을 바꿔버린 정책이자 "모든 사람들에게 모든 책을(All Books To All)"이라는 이 서점의 모토를 실현하기 위한 가장 효과적인 선택이라는 생각이 든다. 전 세계에서 다양한 사람들이 주문을 넣으니 베스트셀러에만 무게 중심을 두지 않고 희귀본이나 절판본도 많이 취급한다. 재입고되면 알려주거나 그래도 없으면 에이브북스(Abebooks, 세계 최대 중고 서적 사이트로 전 세계의 북셀러들이 입점 형식으로 책을 판매하는 곳)에 가보라고 링크까지 되어 있다. 어떻게든 책을 구하게 해주려고 노력하는 것이다. 그걸 인정받아서일까. 2010년에는 'Bookseller Industry Awards'를 수상하기도 했다고. 아마도 '책 저장소'라는 사이트 이름도 초심을 계속 유지하기 위해 창업자가 조용한 노르웨이 숲에 가서 42일 동안 머리를 싸매고 고민한 것… 같지는 않고 브런치 먹으며 잡담하다가 나온 아이디어가 아닐까 상상해본다. 어찌 됐건 직관적인 작명 센스가 서점 정책과 잘 맞아떨어진 건 분명해 보인다.

그런가 하면 좀 독특한 점도 있었는데 2012년 첫 주문했던 일곱 권은 각각 따로 배송이 됐다. 그들의 유통구조가 어떤지 정확히 모르겠지만 아마도 유럽 전역에서 책을 수배해서 보내는 방식이었던 것 같다. 전 세계에 흩어진 옛 여인들로부터 소포가 오듯 영국의 몇 지역과 벨기에, 스위스 소인이 찍힌 책이 한 권씩 배달이 됐다. 이거 기분이 꽤 설렌다. 갈색의 두툼한 안전 포장은 옛날 껌처럼 개봉심이 안에 심어져 있어 드드득 뜯는 맛이 클래식하기까지 했다.
총알, 묶음 배송으로 무장한 우리나라의 온라인 서점도 수입 서적 검색을 하면 생각보다 다양한 책을 많이 확보하고 있다. 수입 대행도 해주고 잡지 구독도 가능하다. 국내 도서는 검색, 분류, 리뷰에 체계가 잡혀 있고 음반, 문구 등 훌륭하게 구색을 갖추고 있다. 전자결제 등록 서비스와 연계해서 불편함을 없앴고 카드만 있으면 만사 오케이다. 오히려 이 기준에서 보면 북디포지토리는 그다지 친절한 사이트는 못 된다. 책의 정보도 기본적인 소개와 페이지 수, 목차, 독자평 정도가 텍스트로만 쓰여 있고 '내용 들여다보기' 이런 것은 없다. 가격은 아마존보다 싼 것도 비싼 것도 있다. 한마디로 복불복. 음반은 구색을 갖추는 정도지 아마존, 알라딘, 예스24에 비할 것은 못 된다. 결제는 신용카드를 한번 등록하면 잡다한 과정을 거치지 않아도 되니 아마존과 동률, 국내 서점보다는 약간 편하고. 품절도서 알림은 국내랑 다를 것은 없지만 결국 나한테 책이 오는 시간이 관건이고, 음반 알림은 국내 서점이 더 활발하게 활용하는 것 같다.

배송은 위에서 얘기했지만 각 권이 따로 오기도 하고 두세 권씩 묶여 오기도 한다. 다만 평균 2주에서 최장 한 달 정도 생각해야 한다(우리나라 우체국 스케줄과 직결돼 있다). 아예 살짝 잊고 지내는 편이 좋다. 잊을 수만 있다면 내가 주문했음에도 불구하고 해외에서 선물이 온 것 같은 느낌을 가질 수도 있다. 책 사이즈에 맞춘 납작한 봉투형 박스에 오기 때문에 우체국 아저씨가 우편함에 안 들어간다며 택배처럼 가져다주시는 뜻밖의 혜택을 누리기도 한다(격무로 바쁘신데 죄송합니다). 우편함에 들어가더라도 우편집중국 분류 과정에서 모았다가 몰아서 가져오기 때문에 한 개가 아니라 대체로 두세 개의 낱개 포장이 함께 꽂혀 있는 상황이 되는데, 이 모양새가 묵직한 것이 또 왠지 뿌듯하다.

상대방에게 몇 초 만에 편지가 가는 시대에 살면서 언제 훅 치고 들어올지 모르는 이런 종류의 불편함은 오히려 소소한 즐거움이다. '불시에 찾아오는 재미+저렴한 외국책+무료배송=(간소한)구매', 이런 식으로 우리 가족의 구매 목록은 쌓여왔다. 이 구매 목록은 결국 그 시기의 우리의 관심사를 말해주는 것이기도 해서 다시 보는 재미도 제법 있다. 나는 『Pat Metheny: What's it All About-Guitar Tab』, 『Make Music with "Radiohead": Guitar Tab』, 『Bossa Nova Guitar Lick Samples』와 같은 타브 중심의 악보집이나 헬보이나 땡땡의 모험 시리즈같이 동경하는 작가들의 코믹스, 『American Impressionism』, 『David Curtis-Light and Mood in Watercolour』 같은 화집류, 도예 관련 서적, 칵테일 레시피 책을 주로 샀고(역시 내가 제일 많군), 아내는 다양한 공예가들의 작업을 다룬『The Craft and the Makers: Between Tradition and Attitude』, 인테리어 관련 책『Northern Delights』, 양초와 가죽공예 책, 모노클에서 나온 도시별 여행 정보책 중 마드리드, 호놀룰루 편을, 큰아들은 크레용들의 이야기를 담은『The Day the Crayons Quit』, 어떤 펭귄의 여행기『The Journey of the Penguin』, 자동차 컬러링 북『Classic Cars Coloring Book』….

지금은 이집트에 가고 싶어 하는 여섯 살 막내를 위해서 컬러링 북을 검색하는 중이다. 아빠가 좋은 곳을 알고 있어, 하면서. 두 권 이내로 주문하기로 하자. 그리고 배송 조회 따윈 하지 않는 걸로.

Room 1840

"하이, 테이트 브리튼에 가나요?"

인상 좋은 흑인 여학생이 웃으며 말을
건네왔다. 미술관 횡단보도 앞에 서 있는 그녀의
손에 화구가 들려 있다.

"응 맞아요. 미술을 전공하는 학생인가 봐요?
대학생?"

"네. 테이트에 드로잉 하러 가는 길이에요."

그림을 그리는 사람이 말을 걸어오니 짧은
영어지만 왠지 마음이 편하다.

"반가워요. 나는 한국에서 왔어요.
일러스트레이터구요."

"오, 진짜? 일러스트레이터는 처음 만나네요.
어떤 작업을 하나요?"

"어… 책 표지… 광고… 그래픽… 이것저것…."

"어떤 그림일지 궁금해요. 작업이 힘들지는
않아요?"

"아… 별로 힘들진 않은데… 클라이언트하고
의사소통하는 게 제일 어려워요, 내 생각엔.
사람이 결국 제일 어려워요."

"음… 잘 기억해둬야 할 얘기인 거 같네요.
고마워요."

"별말씀을."

"입구는 저쪽으로 가면 돼요. 좋은 시간 보내요."

"고마워요, 그쪽도요."

아마도, 런던에 온 이후 나한테 처음 말을 걸어준 사람이었던 것 같다.

친절하고 따뜻했던 여학생 덕분에 살짝 업된 기분은 테이트 브리튼에서 다시 원상태로 돌아왔다. 아예 등 쪽으로 카메라를 돌려놨음에도(게다가 디지털도 아닌 필름 카메라) 사진 촬영은 금지라고 다가와서 연신 주의를 준다. 앞쪽으로 카메라를 멘 서양인들이 수두룩한데 의사 표시를 분명히 한 동양인만 유독 그림 도촬범 취급을 하니 피곤한 노릇이었다. 점잖게 항의하기엔 영어가 너무 짧고 내 하루도 짧으니까 기대작인 〈오필리아Ophelia〉를 보면서 잊기로 한다. 압도적인 묘사력과 분위기 표현에 빠져 10분을 넘게 자세히 봤는데 물에 떠 있는 그녀의 눈을 보면서 이내 심한 피로감에 휩싸였다. 그도 그럴 것이 가방 안에 카메라 두 대를 넣고 아침부터 밤늦게까지 걸어 다니길 이미 사흘, 게다가 주요 관심사인 테이트 모던과 포트레이트 갤러리를 이미 둘러본 터였다. 테이트 브리튼은 메인 전시실의 번호를 연대기 순으로 붙여놨는데 1540부터 1810까지는 대부분 관심 밖의 화풍이라 설렁설렁 걸으며 보는 게 다였다. 결국엔 피곤함을 이기지 못하고 전시실 중앙에 있는 의자에서 꾸벅꾸벅 졸기에 이른다. 라이카를 등에 메고 1840 룸에서 곤히 졸고 있는 자그마한 동양인을 깨우는 사람은 다행히 없었다.

시간이 얼마나 흘렀을까? 움찔하고 눈은 떴지만 한동안(미술관에서 자다가 깨어난 것은 처음이라) '나는 누구?' 상태가 계속된다. 하지만 그것도 잠이라고 고단함은 조금 가신 느낌이다. '그래, 그 그림을 다시 찾자.'

일어나 전시실을 다시 둘러본다. 아무리 봐도 없다. 테이트 브리튼에 온 목적. 존 싱어 사전트(John Singer Sargent)의 그림 ⟨카네이션, 백합, 백합, 장미Carnation, Lily, Lily, Rose⟩*가 책자에 안

---

* ⟨카네이션, 백합, 백합, 장미⟩는 사전트 씨의 그림 중 가장
   좋아하는 작품이다. 원래 스케치 과정에서는 친구 밀레의
   딸인 캐서린이 모델이었으나 프레데릭 바나르의 두 딸
   돌리와 폴리의 모발이 원하던 색에 더 가까워서 모델을
   변경했다고 한다. 모델과 꽃에 떨어지는 빛은 여름의 황혼
   때에만 잠깐씩 나타나서 모델과 이젤을 미리 배치해두고

내된 1840 룸에 없다.

혹시 따로 특별 전시를 하고 있나 해서 복도 쪽으로 나와 둘러봐도 없다. 지나가는 직원에게 물어보니 아주 나쁜 소식을 들려준다.

"아… 그 작품은 내부 수리 때문에 다른 방에 보관돼 있어요. 전시 상태가 아니라 관람은 불가능합니다. 유감이네요."

이렇게 말하고는 유감치고는 꽤 빠르게 휙 돌아서 가버린다.

다른 전시실에서 좋아하는 현대 작가들을 볼 수도 있지만 이 그림은 런던에 다시 오지 않는 한 볼 기

하루에 몇 분씩만 작업을 할 수 있었다고. 가을에는 꽃이 죽자 화분을 가져다놓고 그렸다고 한다(테이트 브리튼 홈페이지에서 발췌). 원작의 마주 서 있는 소녀 이전에, 서로 등을 맞대고 있는 테스트 작품과 러프 스케치를 소개한 곳(britishartstudies.ac.uk)도 있는데 'sargent'와 'conservation' 두 검색어를 입력하면 사전가 작품의 레이아웃으로 고민한 흔적, 작업 사진, 엑스레이로 촬영한 레이아웃과 채색의 변화, 사용한 물감과 마감재, 색상 분석 등 미술관이 소개하지 않은 정보들이 상세히 기록되어 있다. 이 사이트는 주로 영국의 큐레이터, 작품 보존가, 화집 저자들이 작품의 히스토리와 분석을 소개하는 곳이다.

회가 없을 것 같았다. 한참을 망설이다가 맘씨 좋아 보이는 직원이 지나가기에 부탁을 해본다. 한국에서 이 그림 하. 나. 를. 보기 위해 왔는데 관람이 불가능 하다고 하니 참 슬퍼요. 어떻게 좀 안 될까요? 과장을 좀 섞어 진심 어린 표정으로 이야기했더니… 그가 잠시 옅은 한숨을 쉬고는 고갯짓으로 따라오라고 한다. 보여주겠다는 건지 그냥 쫓아내겠다는 건지 몰라 불안 한 마음으로 따라가는데 한참을 가다가 인적 없는 복 도를 지나 어느 방으로 안내한다. 방에는 몇 개의 액자 들이 놓여 있고 그림을 지키는 직원이 한 명 앉아 있는 데… 세상에… 저 끝에 나의 목표물이 살짝 보인다.

"이봐, 이 선생님이 저 그림을 보고 싶어서 한국 에서 왔대. 좀 보게 해드려. 그럼… 마음껏 즐겨요."

쿨하게 인계를 하고 나가는 직원. 상황을 들은 흑인 직원이 폭신한 소파를 가리키며 "당신 의자가 여기 있네요" 하고 씩 웃어 보였다. 이런 고마운 사람 들 같으니라고.

그림은 기대 이상으로 좋았다. 액자까지 하면 가로세로 2m 정도로 예상보다 큰 그림이었다. 붓 터 치는 의외로 크고 과감했고 자세히 파고들어 그리지 않은 듯하면서도 또 뒤에서 보면 아주 섬세하게 묘

사를 한 것처럼 보인다. 대단한 실력이었다. 두 소녀
가 일본식 갓등에 불을 켜고 있고 주변에는 들풀과 장
미, 카네이션, 백합이 아름답게 피어 있다. 조명의 빛
과 흰 옷, 빛을 받은 소녀들의 머리카락, 꽃들에 따스
한 무드가 있고 짙은 녹색 톤으로 묘사한 환상적일 정
도로 멋진 풀의 질감은 사실감과 깊이감을 보여주고
있다. 아… 이 그림이 더 좋아졌어…. 가까이 보고,
멀리서도 보고, 터치를 어떻게 썼나 보려고 비스듬히
옆에서 빛에 반사시켜 보기도 했다. 그러고도 앉아서
족히 20분은 그림과 같이 있을 수 있었다. 과묵한 우
리의 지킴이는 내가 그림을 독대하는 동안 한마디도
거들지 않았다. 요즘도 2010년 2월을 생각하면 그 그
림과 한 공간에 있던 시간, 친절했던 사람들이 떠오
른다.

　얼마 전 구글에서 아트&컬처 서비스를 제공한
다는 걸 우연히 보고 'Carnation, Lily, Lily, Rose'
를 처음으로 검색해봤다. 이미지 검색으로도 같은 그
림을 볼 수는 있지만 작품을 소장한 미술관이 제공하
는 데이터가 그나마 원작 색상에 가장 가까운 이미지
를 보여준다고 보는 것이 맞을 것이다. 물론 직접 보
는 것이 가장 좋겠지만, 검증된 작품 설명까지 볼 수

있는 이 서비스는 나름대로 훌륭하다. "구글 아트&
컬처는 'Google Cultural Institute'와 제휴한 1,200
여 곳의 주요 박물관과 자료실의 콘텐츠 등 전 세계
의 소중한 자료를 온라인에서 제공합니다"라고 구글
은 이 서비스를 소개하고 있다. 제휴 기관이 한 지역
에 치우치지 않게 전 세계에 걸쳐 연결돼 있고 미술,
패션, 사진, 유적, 스트리트 아트 등 문화 예술 전반
에 걸친 콘텐츠를 소개하고 있어서 의자에서 조는 피
곤함 없이도 개인적인 관심사들 사이를 오갈 수 있
다. 소개에만 그치지 않고 나름의 견해를 담은 프로
젝트성 콘텐츠도 있는데 요즘은 '우리는 문화를 입는
다(We Wear Culture)'라는 주제가 메인이다. 들어
가보면 패션이 가질 수 있는 접점을 다시 예술과 역
사, 트렌드, 인물 등으로 나눈 하위 프로젝트가 있고,
예술을 골라 들어가보면 '러시아 영화에 나타난 패
션'처럼 특정 주제를 가진 자료가 있는 식이다. 잘 정
리된 서가를 보는 느낌이랄까. 검색 분류는 아티스
트, 화파, 색상, 역사적 사건, 작업 재료에 따른 선택
이 가능하고 구글의 전공 중 하나인 위치 설정을 하면
내 지역의 전시 정보를 접할 수 있다. 한국을 검색하
면 제휴처는 마흔세 개로 나온다. 제주도는 두 개. 제
휴가 좀 더 많아졌으면 하는 희망은 있다. 여행을 다

니면서 내 컬렉션 목록을 만들거나 방문한 미술관을 표시해둘 수도 있는데, 아마도 구글은 공익을 전제로 한 문화 예술 지도를 만들어가려고 하는 듯하다. 이런 환경을 만들어놓으면 사람들의 이야기와 기록들이 계속 쌓여갈 테니까.

직접 작품을 감상한다는 것은 저마다의 호흡이 있다고 생각한다. 사진 촬영이 가능한 미술관에선 나는 주로 작품보다 그것을 보는 사람을 찍는다. 그림 쪽을 응시하는 것은 얼핏 비슷해 보이지만 관찰해보면 리듬이 조금씩 다르고 무언가에 빠져 있는 포즈 자체가 흥미롭다. 작품과 함께 있는 인물은 늘 근사한 사진으로 나오기 때문이기도 하다. 포즈만큼이나 다양한 감흥을 가지고 있는 사람들. 내가 좋아하는 미술관만의 공기다. 구글 아트&컬처가 이것까지 가져다줄 수는 없겠지만 기억을 다시 떠워서 보기엔 손색이 없다. 새롭게 만들어갈 기억도 계획할 수 있으니 구글이 꽤 삼삼한 서비스를 시작한 것 같다. 그나저나 내가 졸았던 1840 룸은 구글 사진으로 360도 돌려서 볼 수 있군요. 민망하게도.

증명해주시오, 초록지갑 씨

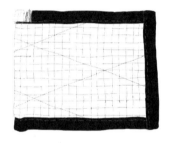

나는 (두꺼운) 가죽지갑을 좋아하지 않는다. 딱히 이유는 없다. 열성적인 동물보호주의자도 아니고 비싼 멀버리 지갑을 정기적으로 잃어버리는 타입도 아니며 가죽지갑 제조업자와 원한 관계에 있는 것도 아니다. 그냥 자기 히프라인을 기억하는 뚱뚱한 가죽지갑이 미울 뿐이다. 촉촉하게 수분을 머금고 있는 카페 쿠폰도 별로고, 글자가 다 증발해버린 영수증이나 누군지 기억도 안 나는 영업용 명함, 헌혈증서, 통신사 멤버십 카드, 10원짜리 열두 개… 다 별로다. 설사 명품이라 가죽이 도톰하고 바느질이 정교하며 마감이 짱짱하고 변형이 거의 없다 해도 나는 필요 없어요. 한마디로 싫다는 뜻인데 누구나 그런 것이 하나쯤은 있는 것이다. 안타까운 점은 아들의 이런 취향까지는 모르시는 어머니가 어렵게 여행을 다녀오시면서 얼마 드리지도 못한 용돈을 쪼개 면세점에서 사오신 선물이 빨간 가죽지갑이었다.

결정적으로 운전할 때 더 싫은데 한쪽 히프만 살짝 배긴 채로 장시간 운전을 해본 뒤로는 두꺼운 지갑은 웬만해선 뒷주머니에 넣지 않는다. 건강 염려증인 내가 척추가 휘는 느낌을 방치할 순 없지. 다리도 안 꼬는데. 이쯤 되면 가죽 '장'지갑은 더 말할 것도 없다. 강력한 포스는 인정합니다. 가방에 지갑을 넣고 다니는 분은 해당사항 없습니다. 모두의 지폐를 아끼는 정신 훌륭합니다. 저는 도저히 쓸 용기가 없어요. 제가 그러거나 말거나 장지갑을 좋아하시는 분은 애용해주세요.

농담 반으로 편향된 얘기를 했지만 사실 위와 같은 취향이 된 것은 살아온 환경과 관련이 있다. 유일한 직장생활 3년을 애니메이션 회사(스토리보드를 그리는 연출팀)에서 반바지에 에이프로 펌을 해도 상관 안 하는 분위기로 생활했다. 그러고는 바로 프리랜서 일러스트레이터로 16년. 본격 사회생활을 시작한 이후로 거의 20년간 패션에 아무 제한이 없는 생활을 한 것이다. 게다가 소비생활은 거의 카드를 사용하는 편이었다. 모임에 나갈 때만 현금을 좀 가져가고. 커피도 2~3년 전부터 마시기 시작했는데 간암 예방 효과가 있어서 시작했다고 하면 으레 좀 비웃는 분위기가 된다. 이 역시 집에서 뽑아서 마시니 쿠폰도 필요 없다(예전부터 충성도를 전제로 하는 도장 쿠폰은 일체 받지 않았다).

이렇게 양복, 쿠폰과는 거리가 먼 생활인지라 내 지갑은 이십대 때 벨크로 나일론 지갑, 삼십대 이후로는 카드 홀더 두 개가 전부다. 카드 홀더는 머니클립이 붙어 있는 형태이기 때문에 현금도 잘 접어서 끼고 다녔는데 무조건 바지 오른쪽 앞주머니에 넣어 다니는 원칙 같은 것이 있었다. 거의 13년간 사용한 첫 홀더는 카드 여섯 장이 들어가는데 버튼도 여섯 개가 달려 있어 밀어올리면 카드가 한 장씩 나오는 구조였다. 플라스틱 버튼이 결국 다 깨지는 바람에 서랍에 묻어줬다. 둘째는 '바그너 스위스 월릿(Wagner-Swiss Wallet)'이라는 알루미늄 카드 홀더다. 디자인은 단순해서 스위스 십자가 새겨진 금속 버튼이 하나만 있는 깨끗한 금속 카드 형태인데 뒤에 달린 머니클립이 탄탄하고 손이 다치지 않도록 카드 투입구 쪽만 살짝 곡선으로 처리됐다. 버튼을 밀어올리면 네 장의 카드가 뽑기 좋을 만큼 2cm 정도만 살짝 올라온다. 카드를 하나만 뽑기 위해선 연습이 좀 필요하지만 빈도가 높은 카드를 제일 앞과 뒤로 배치하면 이내 적응이 된다. 간결한 디자인을 위해서 편의성과 일부 맞바꾼 셈이다. 제주도로 이주하니 마침 코스트코 멤버십이 필요 없게 돼서 S카드와 같이 바이바이했다. 과연 홀더와 네 장의 카드만큼 내 생활도 더 간결해진 걸까? 그나저나 이 금속 홀더는 혹시 있을지도 모르는 내 사후 전시에도 나올 만큼 충분히 튼튼하다.

그런데 올해부터 용돈제로 생활해보기로 아내

와 결정하면서 이 패턴에 변화가 약간 생기기 시작했다. 장을 보고 차를 주로 쓰는 아내에게 우선 내 신용카드를 하나 넘기고(사용내역 문자는 나한테 온다) 모든 신용카드를 폐기한다. 그리고 월초에 각자 체크계좌에 용돈을 똑같이 넣는다. 원고 쓰느라 카페에서 커피를 마신다든지 하는 개인적인 쓰임새는 물론이고 외식도 가급적 이 안에서 해결하기로 한다. 대략의 원칙을 정하니 우리 부부 사이에 "이번엔 당신이 쏘는 거야?"라는 유행어가 나타났다. 그리고 현금 중심의 생활이 되자 그 기회를 놓칠세라 참신한 새 지갑을 구경하고 있는 나를 발견하게 된다. 목표는 체크카드 한 장과 운전면허증, 현금 3만 원이 간결하게 수납되는 (가죽 아닌) 지갑.

며칠 둘러보다가 마음에 드는 걸 찾게 되는데… 플로우폴드(flowfold)라는 브랜드의 지갑이다. 디자인은 특별할 것이 없다. 나일론 벨크로 지갑을(일명 찍찍이 지갑) 모티브로 하고 종류만 좀 다양할 뿐이다. 가장 큰 특색은 독특한 원단을 썼다는 점이다. 2005년 미국 메인 주 연안의 제범소(돛을 만드는 곳)에서 일하던 찰리 프리드만이라는 사람이 사용하던 가죽지갑이 해지자 범포(돛천) 조각으로 지갑을 만들어 쓴 것이 이 브랜드 시작이라고 한다. 나는 '뱅가드'라는 모델을 쓰는데 X-PLY(Dimension Polyant 사 제조)라는 범포로 제작했다고. 텐트나 배낭, 아웃도어용품을 보면 립스탑이라는 격자무늬 원단이 많이 쓰이는데 나일론 원단 전체에 격자의 섬유조직을 더해서 내구성을 끌어올린 천이다. X-PLY는 범포계의 립스탑인 셈인데 연질의 투명 방수 라미네이트 안에 격자로 폴리에스터 망을 삽입하고 다시 그 위에 격자 패턴보다 스케일이 큰 X자 패턴을 아라미드 섬유*로 덧대었다. 아마도 돛은 넓은 면적으로 재단이 되고 바람과 요트용 로프에 의한 불규칙한 저항을 계속 받기 때문에 작심하고 튼튼하게 만들었을 것이라고 추측해본다. 그런데 중요한 건 이 패턴이 매우 유니크하다. 사실 나는 이 무늬 때문에 이 지갑을 샀다. 기능을 중시하는 분들은 이런 이유가 한심해 보일 수도 있

---

*   아라미드(Aramid)는 미국 듀폰(Dupont)의 케블라,
      일본 테이진(帝人)의 트와론, 한국 코오롱의 헤라크론 등
      소수의 기업만이 독점 기술을 보유한 기술 집약적 소재다.
      아라미드는 같은 무게의 강철보다 5배나 강도가 높다.
      현존하는 섬유 중 가장 강한 소재. 섭씨 500도에서도
      연소되지 않는 뛰어난 내열성과 화학약품에 대해
      내약품성을 지닌다, 라고 위키백과에서 소개하고 있는데
      총알도 뚫지 못한다니 엄청난 섬유다.

지만 플로우폴드 직원들도 분명히 이 패턴의 심미성에 주목하지 않았을까? '투명하고 고운 색을 가진 이 범포로 튼튼한 지갑을 만들면 멋질 거야'라는 상상을 실행에 옮긴 것 자체가 멋졌다고 나는 생각한다.

　　우리나라 아웃도어 사이트들에도 입점이 되어 있는데 배송을 받으면 적잖이 당황하게 된다. 본전이 생각날 만큼 가격에 비해 심하게 가볍기 때문이다. 원단의 강점 중에 하나라니 믿고 3만 원과 카드를 채워본다. 뱅가드 모델은 1단 폴딩인데 무게도 그렇고 청바지 앞주머니에 넣으니 크기도 괜찮다. 우리나라 지폐는 타이트하게 쏙 들어가고 카드도 다섯 개 정도는 안정되게 수납돼서 단점은 별로 없어 보인다(맘에 드니 그렇겠지). 아내에게 사준 '트래블러' 모델은 2단 폴딩인데 수납 칸은 더 많고 접었을 땐 뱅가드랑 크기가 같다. 고급스러운 편이지만 벨크로가 없어서 너무 뚱뚱하게 넣으면 지갑이 벌어진다. 덩달아 양쪽 카드 칸에 간격이 생기고 내용물이 쏟아질 수 있어 디자인은 문제가 좀 있어 보인다. 폴딩이 싫은 경우 '미니멀리스트'라는 카드 홀더를 쓰면 되는데 카드 두세 장과 지폐를 접어서 넣을 수 있는 간결한 모양이다. 이 모델의 단점은 카드를 한 장만 넣고 사용하다 보면 다소 헐거워진다는 점이다. 이 헐렁함은 원단과 디자인을 접목하는 과정에서의 경험 부족(혹은 테스트 부족)인 듯하다. 벨크로 지갑의 디자인을 계승했으나 벨크로는 빼고 폴딩 횟수는 늘리면서 생긴 문제라고나 할까? 어쩌면 원단이 1단 폴딩만 가능한 재질적 한계일 수도 있다. 결국 하자가 없는 디자인은 뱅가드 모델뿐이다. 써보니 색은 화이트, 그린이 괜찮군요.

조금 다른 얘기지만 LED 전구가 막 상용화되기 시작할 무렵 제조사들은 전력 소비량이 적은데 비해 사용 시간은 압도적으로 길어서 경제적이라고 너도나도 광고를 했다. 이런 홍보에 어떤 분이 굉장히 날카로운 지적을 했는데, "이제 막 나온 전구인데 그걸 증명할 만큼 오래 써본 사람이 있나요?" 위에 쓴 원단 정보는 플로우폴드 홈페이지에서 소개하는 내용을 발췌한 것인데 이제 한 달 남짓 써본 나로선, 그것도 예뻐서 샀으니 이 지갑이 길게 갈지는 알 길이 없다(홈페이지에 평생보증으로 표시돼 있으니 찢어지면 우편으로 미국에 보내면 됩니다). 오래 애용할 테니 정말 그렇게 질긴지 증명해주시오, 초록지갑 씨.

좀 저렴한 발음이긴 하지만

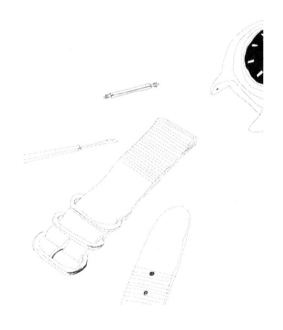

오이스터 퍼페추얼 데이트저스트(Oyster Perpetual Datejust)는 시계 브랜드 롤렉스(Rolex)의 상징적인 모델 중 하나라고 한다. 우리 집에 있던 스테인리스 모델은 아버지가 80년대에 차고 다니시던 것이었는데, 좋은 시계는 대를 물린다고 지금은 형이 물려받아 가끔 차고 다닌다. 사실 서랍에 고이 보관된 것을 다시 주목한 건 나였는데, '아저씨 시계'라고 생각했던 걸 막상 손목에 차보니 뭐라 설명하기 힘든 고급스러움이 묻어났다. 그걸 느끼는 건 나도 아저씨가 됐기 때문일까? 그 후에 일본 잡지를 뒤적이다가 같은 모델을 보게 되었는데 콜렉터들 사이에서는 꽤 인기 있는 클래식 모델인 듯하다. 베이직하고 단정해서 세월이 흘러도 유행을 타지 않게 생겼다. 오토매틱 무브먼트는 여전히 잘 작동하지만 문제는 오버홀(Overhaul, 완전 분해해서 점검, 청소, 교체하는 작업)을 해야 할 시점을 한참 넘겼다는 것이다. 롤렉스 오버홀 비용이 만만치 않다는 건 나 같은 문외한도 대략 알 수 있는 것이어서 지금까지 미루고는 있지만 언젠가는 형과 내가 해결해야 할 숙제 같은 생각이 든다. 그나저나 아버지는 한창때 꽤나 멋을 내셨던 모양이다.

반면에 아들은 쿼츠 아니면 전자시계뿐. 나도 '야무진 물건 하나가 어정쩡한 거 열 개보다 낫다' 주의이긴 하지만 시계만큼은 깊이 빠져들지 않은 것이 다행이다. 남자의 3대 패가망신 취미(시계, 자동차, 오디오) 중에 하나이기도 하니까. 어쩌면 세 분야 다 욕심이 없는 편이어서 그럭저럭 잘 생활했는지도 모르겠다. 결혼할 때에도 장식 없는 반지를 하나씩 교환했을 뿐 반짝거리는 예물들은 모두 생략했다. 지금도 잘한 일이라고 생각한다. 나는 그저 루미녹스급 시계에 '줄질'하는 정도면 만족하는 편이다. 좀 저렴한 발음이긴 하지만 줄질은 보통 '시곗줄을 다른 것으로 바꿔가며 차는 취미'를 뜻한다. 적은 비용에 기분 전환하기에 꽤 괜찮다. 시계의 분위기가 바뀌는 것이 당연히 제일 좋은 점이고, 끝이 정교한 시계용 드라이버로 스프링바(시곗줄 고정핀)를 눌러 분리한 후에 교체할 밴드에 다시 끼우고 마지막으로 시계의 구멍에 미세하게 딸각 하고 끼우는 작업을 하고 있으면 복잡하게 꼬인 일도 하나씩 천천히 정리될 것 같은 기분이 든다.

나는 나일론을 편애하기 때문에 줄질도 대부분 나토, 줄루 밴드를 구입해서 교체한다. 둘 다 흔히 알려진 군용 스타일의 직물밴드인데 가벼우면서도 고무밴드처럼 삭아서 끊어지는 일이 별로 없다. 파일럿이나 다이버 스타일의 시계에 잘 어울리기도 하지만 나는 번쩍거리지 않는 재질감이 좋아서 쓴다. 흥미로운 건 이 밴드가 (내 생각엔) 여자분들이 사용하면 더 멋져 보인다는 점이다. 보통 하나의 밴드를 시계의 양쪽 러그(시곗줄을 잡고 있는 몸체의 돌출 부분) 밑으로 통과시켜 체결하는 것이 일반적인 방식인데, 줄루가 보통 더 헤비한 나일론을 사용한다. 군인들은 군복 위에 시계를 차야 하는 일이 있어서 견고한 체결 방식을 썼겠지만 일상생활에서는 풀고 차기가 번거롭기 때문에 나는 항상 투피스 밴드(양쪽 러그에 각각 고정하는 방식)로 교체하는 편이다. 방법은 간단하다. 자로 러그 간격을 재고(보통 18, 20, 22, 24mm 중 하나다) 우리나라에서 줄질을 하는 사람들이 주로 이용하는 사이트에 들어가서 사이즈에 맞는 밴드를 고르면 된다. 직물, 가죽, 고무 등 다양한 밴드들이 다양하게 있는 편이고 시계 수리와 관련된 공구들도 취급한다. 시계용 드라이버 하나면 밴드 교체, 금속 밴드 길이 조정 정도는 가능하다.

조금 다른 이야기인데 배터리 시계만 가지고 있

는 나는 요즘 시계방을 찾기 어려워 정말 곤혹스럽다. 동네에서 경험과 수준을 갖춘 시계방을 찾는 것은 거의 불가능에 가깝다. 공식 수입원을 통한 배터리 교체는 4만 원 이상을 요구하는데 터무니없이 비싼 가격인 데다가 보증서가 없으면 이마저도 거부당한다(값비싼 시계라면 이야기가 좀 달라지는데 어떤 종류의 수리든 일단 시계의 뒷면을 여는 일은 수입원을 통하는 것이 좋다. 관리 이력이 남기도 하고 품질에 대한 책임을 지는 것이니까. 오토매틱은 뒷면을 열어도 일반인이 건드릴 수 있는 것이 없다). 스크류 백(뒷면 커버)을 여는 공구도 팔기 때문에 자가 교체도 가능하지만 시계 수리하시는 분들은 대부분 권장하지 않는다. 배터리 고정 방식이 복잡한 시계를 잘못 건드리면 일이 커지고 커버를 잘못 닫으면 방수 성능이 떨어진다는 이유지만, 내가 보기엔 그분들의 생계와 관련된 제스처일 가능성도 크다. 스와치 같은 시계나 자가로 교체하라는 뜻이기도. 나도 시계방 보존 차원에서 배터리 교체는 스스로 하지 않기로 한다. 약은 약사에게 시계약은 시계방에서…. 그렇지 않아도 정보가 너무 많은 세계로 빠져드는 것이 이제 조금은 귀찮을 때가 있다. 철이 바뀌면 그저 밴드를 교체하는 소소한 기쁨을 누리는 것에 만족하기로 한다.

+ 비싼 건 아니어도 유난히 정이 가는 디자인이 있기 마련인데 나한테는 카시오 데이터 뱅크(텔레메모 30: DBC-30-1Z)가 그런 경우다. 계산기가 달린 전자시계인데 생활방수밖에 안 되는 데다 고무밴드가 끊어지면 이제 줄을 구할 수 없을지도 모른다. 불편한 점은 많지만 촘촘하게 숫자 버튼이 달린 이 시계에서 나는 원인 모를 뿌듯한 완성도를 느낀다. 우주선 계기판 같기도 하고 다프트펑크(Daft Punk)가 떠오르기도 하는데 왜 그럴까?

야생무화과와 까막까치밥나무 열매

한 걸음 내디딜 때마다 점점 더 깊은 숲으로 들어간다. 가끔 젖은 나뭇가지가 발에 밟혀 따닥 소리를 내며 부러진다. 떨어진 잎들 사이로 검정에 가까운 흙이 부드럽게 길을 만들고 있어 맨발로 걸어보고 싶은 생각이 든다. 울창한 숲 틈으로 드문드문 보이는 비 뿌린 하늘에는 회색 비구름 사이에 옅은 안개가 드리워져 있다.

키가 크고 이끼가 낀 나무 옆에 서서 잠시 숨을 고른다. 깊은 녹색의 나뭇잎과 차분한 흙색의 나무줄기는 이제 더 이상 경계가 뚜렷하지 않고 사방이 마치 수십 가지 그린과 브라운의 패턴처럼 뒤섞여 보일 뿐이다. 호흡이 잦아들자 멀리서 희미한 폭포소리 같은 것이 들린다. 아주 간혹 이 패턴을 흔들어놓는 바람은 그쪽에서 불어오는 것일까. 숲은 습하지만 선선하고 이상하리만큼 아늑하다. 눈을 감고 습기를 가득 머금은 흙과 나무 향을 천천히 들이마신다.

조 말론(Jo Malone)의 와일드 피그&카시스 (Wild Fig&Cassis)는 우리 부부가 결혼 6주년 기념 으로 산 향수다. 탑, 미들, 베이스 노트로 향수의 향 을 구분한다고들 하지만 이 향수를 뿌릴 때마다 나는 위와 같은 느낌을 떠올린다. 마치 영화의 플래시백처럼 압축적인 영상이 이 향으로 재생되는 느낌이다.

이 멋진 향수를 만들어낸 조향사는 어떤 사람일까? 바로 창업주인 조 말론 본인이었다. 그녀는 어쩌면 현대의 장 바티스트 그루누이*일지 모른다는 생각이 든다. 아주 깊고 습한, 그리고 근사한 나무껍질의 향을 창조해냈으니까. 하지만 어디까지나 이건 내 느낌일 뿐이다. 나무향이라고 우기고 싶지만 와일드 피그&카시스라는 이름처럼 야생무화과와 까막까치밥나무 열매**를 테마로 하고 있으니 말이다. 실제로 제철을 맞은 무화과를 껍질째 베어 먹어보면 껍질과 과육이 어우러지면서 이 향수와 거의 흡사한 향이 느껴지기도 한다. 베리류의 열매들도 단맛의 끝에서 숨을 들이쉬면 미세하게나마 스모키한 풍미가 느껴질 때가 있다. 둘 다 코로 향기를 받아들이지만 들숨이 목에 다다를 때쯤에야 제대로 느낄 수 있는 종류의 향이

---

* 장 바티스트 그루누이는 파트리크 쥐스킨트의 소설 『향수』의 주인공이다. 동물적이고 천재적인 후각을 가지고 태어나 섬뜩한 마력을 가진 궁극의 향수를 만들어낸다. 하지만 그 때문에 기묘한 최후를 맞이하게 된다.

** 까막까치밥나무 열매는 우리가 익히 알고 있는 블랙커런트이다. 불어로 카시스(cassis)라고 한다고.

라는 생각이 든다. 실제로 이 두 재료에서 증류한 원액으로 조향했을 수도 있지만 조 말론의 비밀스러운 레시피를 나로선 알 길이 없다. 하긴 안다고 한들 내 상상에서 뭐가 달라질까?

와일드 피그&카시스에 더 애착이 가는 이유는 이제 더 이상 구하기 어렵기 때문이다. 향초를 제외하고 이 제품 라인은 몇 해 전에 단종됐다.* 조 말론 씨가 옆에 계신다면 "사람은 누구나 실수를 합니다. 다시 재고해주시면 안 될까요?"라고 말하고 싶다. 이 단종 사태는 이 향수를 창조한 말론 여사의 결정이라기보다는 아마도 회사를 인수한 에스티로더의 입김이 작용한 것 아닐까? 확인되지 않은 추측은 금물이라지만 대기업이 손을 대면 이렇게 개성이 강하고 근사한 것들은 대체로 사라져간다. 아쉽고 또 아쉬울 따름이다. 또렷한 상상을 가능케 한 유일한 향수였고 마음에 위안을 주는 몇 안 되는 액체 중 하나가 이제 30ml 병에 손톱만큼 남아 있기 때문이다.

---

*   비록 단종은 됐지만 혹시나 하는 심정으로 아마존에 검색하니 100ml 제품이 245달러에 판매되고 있다. 한 개 남았다는 표시와 함께. 관세를 고려하면 아무래도 추억으로 간직해야 할 것 같다.

액자를 하세요, 제발

"작가님 안녕하세요? 그림 의뢰 좀 드리려고 전화 드렸어요. 일정이 어떠신가 해서요….."

"아 감사합니다! 잘 지내셨죠? 근데 어떤 그림을…."

"음, 제 지인이 하는 카페 벽면에 벽화를 좀 넣고 싶어서요."

"벽. 화. 요?"(안색 변함)

"네네. 가능하시죠? 다 잘 그리시니까요. 이달 말쯤 완성됐으면 하는데요. 벽 크기는 3미터에…."

"여… 보오… 세요오."

"어? 작가님 안 들리세요? 저는 잘 들리는데? 암튼 벽 크기가…."

"여… 보………… 여보… 세……."

"작가님?"

"뚜-뚜-뚜-뚜-뚜-뚜-."

(물론 가상의 대화입니다. 의뢰 전화를 이렇게 끊는 일은 없습니다.)

예전부터 가끔 받는 질문들이 있는데….

"이 공간을 좀 돋보이게 하려면 뭘 하면 좋을까요? 고급스러우면 좋겠는데."

"저 벽이 허전해서 벽화를 좀 그렸으면 하는데 뭐가 좋을까요? 며칠 걸리나요?"

"사무실 오픈을 하려는데 벽에 포인트 색을 주는 게 좋을까요? 좋다면 배색은요?"

"아크릴 안에 그림을 끼워서 쭈욱 거는 건 어때요?"

그러면 나는 대체로 이렇게 대답한다.

"액자를 하세요, 제발."

사실 벽화 의뢰는 반갑지 않다. 그리기 어려워서라기보다 허전함을 채우기 위해서 공간과 큰 관련도 없는 걸 이것저것 그려 넣는 것이 내키지 않는 것이다. 그리고 보니 내 포트폴리오에도 벽화 그림은 음악 홀과 백화점 두 개 정도가 전부다. 음악 홀은 길이가 10미터가 넘는 작업이었는데 도면 비례에 맞춰 그래픽 작업한 것을 실사 출력한 후 시공한 경우여서 엄밀히 말하면 벽에 직접 그린 것은 아니었다. 예술성이 뛰어난 슈퍼그래픽(일종의 대형 벽화)이 희귀하기도 하지만 그나마 눈에 차는 건 대부분 벽을 제공하는 공간과 벽화의 콘셉트가 맞아떨어지면서 색을 절제해 쓴 경우다(다만 그래피티는 독보적인 아트의 영역이라 논외라고 생각한다). 내키지 않는 건 지자체들이 마을을 바꾼다고 담에다가 알록달록 올 컬러로 그려놓는 그림이나 카페 벽에 그려놓은 당초 문양, 빌딩 실루엣 같은 것들이다. 이런 그림들은 공간의 개성이나 격을 빛의 속도로 떨어뜨린다. 마을의 분위기는 바뀐 게 사실이지만 대부분 '이 마을이 살아났어!'라는 느낌은 아니다. 그만큼 벽화는 환경과 어울리게 그리기 까다로운 장르 중에 하나다. 그런데… 우리는 왜 깨끗한 벽을 두고 보지 못하는 걸까?

벽화에 반해 액자는 그림(과 공간)을 완성시켜주는 힘이 확실히 있다고 생각한다. 편안하고 멋진 옷이 사람을 돋보이게 하고 자신감을 주는 것과 비슷하다. 내용물의 격을 끌어올리는 효과가 뛰어나서 그림이 더 존중받는 느낌을 가질 수 있다. 갤러리에서 조금만 관심을 가지고 보면 액자에 상당히 신경을 쓴다는 걸 금방 알 수 있는데 오랜 세월 작품과 같이하면서 그 일부가 되는 경우도 많다. 간혹 작품은 좀 함량 미달인데 액자는 맘에 들 때도 솔직히 있다. 그림을 위해서 액자가 있는 건지 액자를 위해서 그림을 그린 건지 아리송한 것이 별로 바람직한 경우는 아니지만, 아무튼 격이 상승했으니 작품이 액자에게 신세를 좀 지는 셈이다.

우리 집 아이들 방에 걸려 있는 작은 액자 중 하나는 큰아이 네 살 때 그림이다. 자투리 마분지에다 파란 색연필을 빙글빙글 그어낸 것인데 아들의 첫 완성작이다. 그 후로 가끔 아이들 스케치북이나 손글씨 중에서 느낌이 있는 걸 선별해서 모아둔다. 액자를 할 만한 것들이 모이면 헤이리 금산 갤러리(현재는 백순실 갤러리) 지하에 있는 그림방아트에 가곤 했다. 다이소급에서 작품용까지 액자에도 다양한 레벨이 있는데 이곳은 주로 작품용 액자 위주로 제작을 하는 곳이다.

액자가 잘 나오기까지는 작품의 뒷면 처리, 액자에 작품을 고정하는 방식, 종이 마운트와 작품과의 비례, 나무의 종류와 결합 방식, 벽에 고정하는 방식 등 여러 가지를 고려해서 작업해야 하는데 한마디로 장인의 영역이다. 좋은 액자 장인은 작품의 성격을 보고 액자의 종류와 마운트 등을 제안할 수 있어야 하는데 이곳 대표님은 네 살짜리 그림도 고퀄의 액자로 작업해주신다. 사진가 친구 김지호 작가의 가로 2미터 크기 작품(〈인식의 흔적〉)과 200호짜리 십자틀 캔버스도 잘 전달받은 이후로는 의뢰할 때 별다른 요청을 하지 않는다. 가장 기억에 남는 건 결혼 기념으로 구입한 판화 작품인데 판화지 외곽 종이 섬유의 결을 살리기 위해서 액자 바닥에서 종이를 띄우는 형식으로 입체적으로 만들었다. 물론 판화 작품에서는 일반적인 형식이지만 전체적으로 작품과의 균형이 좋았고 시간이 지나도 종이를 처리한 부분에 변형이 없다. 지금까지도 우리가 가장 아끼는 액자다.

개인적으로는 나무 프레임을 좋아하는데 주머니 사정이 좋으면 스기(삼나무. 캔버스의 틀로 쓰이기도 한다)로 만들기도 하지만 더 저렴하더라도 나무 프레임은 대체로 따뜻하고 고급스러운 느낌을 낸다. 특히 캔버스를 나무 프레임으로 둘러싸는 건 정말이지 내가 사랑하는 방식이다. 간혹 나무 색이 좀 밝게 제작됐어도 그리 걱정할 것은 없다. 시간이 지나면 차분하게 색이 짙어지고 좋은 나무 향이 덤으로 따라오기 때문이다.

꼭 나무가 아니더라도 세상에는 정말 다양한 액자가 있다. 상큼한 푸른색 실크스크린은 은색 알루미늄 프레임에 잘 어울리고, 블링블링한 금색 액자에는 검정 종이를 깔고 여행 가서 관람한 미술관 티켓이나 열차 시간표, 가족 사진, 아이들 그림을 같이 스크랩해도 좋을 것 같다. 일단 액자 안에만 들어가면 무엇이든 보기 좋아지니까.

그리고 가장 중요한 건 액자를 만들고 걸어보는

행위 자체다. 맞춘 것이든 산 것이든 결국 누군가의 정성이 들어가서 기억이 마운트 되고, 초라하다고 생각했던 내 그림이 새 옷을 입고 자신감을 얻는다. 내가 카메라 뷰파인더 안에서 봤던 세상이 쭈글쭈글해지지 않고 유리 안에서 단단하게 보호받는다. 그 순간부터 소중하고 신중하게 다루어져 말끔한 벽에서 존재감을 발할 것이다. 껌 종이에 그렸던 메모도 프레임에 넣으면 누군가를 멈춰 세우거나 생각에 잠기게 할 수 있다. 이런 생각만 해도 나는 기분이 삼삼해진다. 자신에게, 혹은 누군가에게 뭔가 소중한 걸 선물하고 싶다면 액자를 한번 해보시길.

+ 아이폰 사진은 엄청난 매수가 구글 드라이브에 백업돼 있지만 보통 SNS에 올리고 그만이지 다시 잘 안 보게 된다. 최근엔 이 사진들을 추려서 디지털 인화(www.zzixx.com)를 하고 저렴한 액자에 넣어 여기저기 세워뒀다. 부모님께도 보내드리고. 요즘은 핸드폰 사진도 인화해놓으면 훌륭하다.

+ 생활 사진은 이 정도면 충분하지만 작품으로 남기고 싶은 사진은 정식 인화나 프린트를 해야 하는데 요즘은 작가들도 인화만큼이나 잉크젯 방식의 프

린터를 많이 이용한다. 쉽게 말해서 최대 열두 개의 고급 안료 잉크가 들어가는 대형 잉크젯 프린터로 작품을 출력하는 방식이다. 잉크의 보존력도 많이 향상돼 수십 년 이상, 백년 전후로 보관이 가능하다고 한다. 게다가 확대기와 인화지로 작업하기엔 까다로운 대형 사이즈의 작품 출력도 가능하다. 종이 선택의 폭이 넓은 것도 매력적인데 고가의 하네뮬러지에서 판화지, 인화지, 캔버스 질감의 용지까지 현장에서 용지를 보고 고를 수 있는 다양한 옵션이 있다. 원하는 용지 샘플에 작게 시험 출력을 해보고 최종 프린트를 하면 된다. 이 과정에서 중요한 것은 작품의 색을 잘 볼 수 있는 장비와 작가의 보정 요구를 소화할 수 있는 전문가의 경험인데 마음에 드는 결과물을 뽑아낼 수 있는 곳인지는 두세 군데 방문해서 프린트를 해보는 방법이 유일하다. 몇 번 시행착오를 겪어보면 선호하는 종이도 알게 되고 사진 원본이 어두울 경우 어느 정도 보정해야 적당한지 감도 잡게 된다. 이건 결국 비용 절감으로 이어지는 경험치가 될 수 있으니 해볼 만한 가치가 있다고 생각한다. 내 작품이 프린터에서 지잉지잉 최종 출력되면서 조금씩 나오는 광경은 새해 벽두에 성산일출봉에서 보는 해돋이만큼이나 벅차다.

런던에서 만난 보비 씨

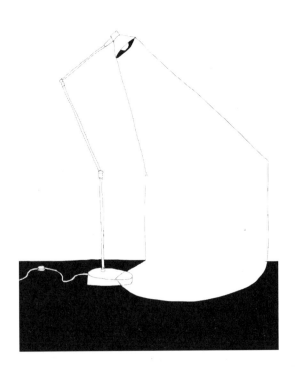

보비(Bobby) 씨는 런던 여행 때 비행기에서 사귄 초록색 눈의 친구… 는 아니고 해비탓(Habitat, 영국의 인테리어 소품샵)에서 사 온 빨간 조명의 이름이다. 우리 집 거실에 놓여 있는 애증의 장스탠드. 내가 좋아하는 디자인이지만 가져올 때 말도 못하게 고생을 했기 때문인데, 왠지 길게 설명하기가 싫을 정도다.

히드로 공항에서 수하물로 부칠 것을 고르는 과정에서 큰아들의 나무 장난감을 부치고 보비 씨는 기내에 들고 모셔오기로 결정했는데, 프랑크푸르트 공항 환승 복도에서 가방 두 개와 함께 들고 뛰면서 1차 탈진하고, 집으로 돌아오는 공항버스에서 모든 수하물이 합세하면서 2차 탈진을 한 사건의 장본인이다. 비행기에서 내리자마자 항공사 직원의 안내로 갈아탔는데 환승 시간이 왜 그렇게 짧았는지는 아직도 내 인생 3대 불가사의 중 하나다(그러고 보니 독일 영토에 10분 정도는 뛰면서 체류한 셈이다). 스탠드 받침대 무게에 눌려서 집 대문을 열었을 때 여행의 여운 따위는 싸그리 사라졌다. 이때 결심한 것이 '몸에 걸칠 수 있는 것 외에는 바다 밖에서 사지 말자!'였으나 우리 집 피아노 위에는 그 뒤에도 암스테르담에서 (또) 구입한 조명이 놓여 있다.

'애증의 보비 씨'와는 별개로, 조명은 언제나 옳다. 이 생각은 시간이 지날수록 점점 더 확고해지는 것 같다. 앞의 「액자를 하세요, 제발」에서도 썼지만 어떤 공간에 격을 높여주는 것이 액자라면 조명은 그 조력자라고 할까? 아니, 어쩌면 그 이상일 수도 있겠다. 액자는 옆으로 돌아서면 안 보이는 평면이지만 빛은 입체니까. 액자 안에 보이는 어떤 것은 결국 빛이 보여주는 것이니까 서로의 분위기를 완성시켜주는 관계라고 하는 편이 더 좋을지도 모르겠다. 만약 내 인생이 여러 편의 옴니버스 영화라면 미스터 프레임과 미스 라이트가 내 영화에 단골 출연하게 될 것이다. 세월이 흐르면서 서로 역할을 바꿔가며 필모그래피를 장식하는 개성파 배우가 되겠지. 둘을 사랑하니까 나는 단골 조연이 될 의향이 있다. 한마디로 액자와 조명에 둘러싸여 살고 싶다는 말이다.

　　쓰다 보니 우연히 든 생각인데 카메라 뷰파인더의 화면, 그림의 틀, 그리고 액자를 모두 '프레임'이라고 부르는군요…. 형태는 다르지만 셋 다 '시각의 범위'를 가리킨다는 면에서 공통점을 가진다는 것이 흥미롭다. 사진과 그림은 결국 우리가 바라본 전체에서 어떤 부분을 선택한 것이고 액자는 그것들을 다른 톤으로 보여주는 것이다. 그런 의미에서라면 조명 역시 일종의 프레임이 된다. 그런데 조명이 정말 특별한 점은 이 프레임이 사각이 아니고 불규칙하고 입체적이라는 것이다. 둥근 벽에 비친 조명은 정확하게 벽의 곡선만큼의 프레임을 만든다. 누군가의 얼굴에 반만큼 드리워진 조명은 밝은 영역에서는 그의 생김새를 읽을 수 있게 해주고 어두운 영역에서는 신비감을 만든다. 대상이 움직이면 프레임도 같이 변하면서 생동감을 전하기도 하고 때로는 배경에 드리워진 그림자가 조명 안쪽의 영역보다 더 많은 이야기를 할 때도 있다. 나에게는 진정 액자만큼이나 소중한 프레임이다. 이 따뜻하고 아름다운 입체 프레임을 갖는 데 필요한 건 스위치를 누르는 일뿐이다.

　+재미로 시도해봤지만 집에 있는 조명에 하나하나 이름을 붙여줘도 재밌겠다는 생각도 든다. 보비 씨, 요나스 군, 드미트리 옹, 소정 씨, 마틸다 양 등등….

열정의 스탠드

몇 해 전엔가 크리스마스 선물로 아내에게 접시를 선물한 적이 있다. 코발트색으로 성탄절을 준비하는 정경이 그려져 있는데, 크리스마스트리를 만들려고 전나무를 베어서 썰매에 싣고 집으로 돌아가는 아버지와 아들, 창문 넘어 소박한 조명 아래 음식을 놓고 기도하는 가족의 실루엣 아래에는 접시가 생산된 연도가 쓰여 있었다. 커피와 함께 브라우니를 담아내기 좋지만 홈이 파인 선반이 있다면 한두 개 세워놔도 괜찮을 것 같았다. 접시 뒤의 굽에는 실제로 끈을 끼워 벽에 걸 수 있는 구멍이 뚫려 있어 만든 이도 그걸 더 기대했던 듯싶다. 늘 세 들어 살았던지라 나무 선반을 벽에 달 생각은 아예 하지도 않았는데 이번에는 아쉬움이 좀 있었다. 아내는 몇 해 동안 백화점에서 디스플레이를 담당했던 디자이너였고 어렸을 때도 방 배치도를 그리며 놀았을 정도니 선물 받은 접시를 어디든 세워놓겠다는 생각이 당연히 두 눈에 일렁이고 있었다.

외출했다가 들어오면 화분 구성이 싹 바뀌어 있다든지, 큰 책상을 거실 한가운데로 혼자 옮겨놓고 (그 아래 카펫까지 깔려 있다) 나머지를 어디에 배치할지 팔짱 끼고 고민하고 있는 아내를 가끔 본다. 열정의 힘으로 옮긴 것이다. 다만 아주 무거운 삼단 서

립장은 손가락으로 지휘한다. 마음에 안 들면 안색이 어두워지므로 힘들어도 웬만하면 그날 끝내야 한다. 그만큼 아내는 공간과 배치에 호기심이 많은 사람이다. 이번 접시는 진열장 안에 깔끔하게 세워졌기에 뒤로 돌려봤더니 독립서점에서 구입했던 '깁슨 홀더스' 스탠드 위에 올려져 있었다. 서점에서 책을 세워놓은 걸 보고 몇 개 구입했는데, 사람이 고정관념이라는 게 있어 이런 식으로 활용할 생각을 하지 못했던 것이다. 아무튼 접시를 세우는 데에도 그만이었다. 열정의 눈으로 찾아낸 것이다.

깁슨 홀더스(Gibson Holders)라는 회사는 디스플레이용 스탠드와 홀더만 전문으로 만드는데, 주력 상품은 와이어 세 개와 힌지로만 이루어진 아주 단순한 형태의 스탠드다. 빡빡하고 야무지게 와이어를 고정하고 있는 힌지를 축으로 ㄷ자형의 금속 와이어가 연결돼 있는데 두 개는 벌려서 주로 바닥을 지지하고 하나는 세워서 물건을 받치는 구조다. 중요한 건 이 세 개의 각도를 자유롭게 조절할 수 있기 때문에 무겁지만 않다면 꽤 많은 종류의 물건을 세워둘 수 있다는 점이다. 힌지 회전 부위를 제외하고는 PVC코팅(검정 아니면 흰색)이 되어 있어 물체가 미끄러지지 않는다.

작은 접시에서 새로운 가능성을 본 우리는 그 후로 온갖 걸 다 올려봤는데, 각도만 잘 맞춘다면 이 기특한 스탠드는 어지간해서는 퍼져버리거나 쓰러지지 않았다. CD, LP, 3백 페이지 분량의 하드커버 화보, 직경 40cm의 접시, 아이패드, 벽시계, 8호 캔버스(45.5 x 37.9)가 무난하게 세워졌다. 캔버스의 경우엔 조금 더 커도 문제가 없을 것 같다. 스탠드를 접으면 단출하고 부피가 작아 가방에 50개 정도 넣을 수 있을 듯한데 상황에 따라선 초등학교 한 학급 그림 전시회쯤은 무난하게 소화할 듯싶다.

가만히 생각해보면 이 A자형의 지지대 구조가 결코 새로운 것은 아니다. 투박하고 잘 쓰러지는 스탠드의 형태를 최대한 단순화해보기로 마음먹은 것이 시작점이 되지 않았을까? 자연스레 적절한 부품을 조합해보는 노력을 했을 것이고, 덕분에 이 스탠드는 융통성 있는 기능과 나름의 단순미를 동시에 가지게 됐다. 자, 열정의 시도로 만들어낸 이 스탠드에 오늘은 뭘 세워볼까?

얽을 '구(構)'에 다리 '각(脚)'

'저런 탁자 다리를 뭐라고 부를까?'

원하는 디자인이 있는데 때로는 단어를 몰라 찾기 어려울 때가 있다. 언젠가 개인 작업실이 생긴다면 한가운데 놓고 싶은 탁자가 있다. 탁자 네 귀퉁이에 늘씬한 다리가 붙은 스타일은 아니다. 옆에서 보면 A자 형태의 다리 두 쌍이, 사선으로 보면 네 개의 다리가 위로 모이면서 상판을 받치는, 일종의 교각 기둥 같은 형태의 탁자? 구글에 이리저리 검색해보다가 탐탁지 않아서 핀터레스트에 '탁자 다리'라고 검색하니 생각보다 쉽게 나온다. 비슷한 다리를 쭉 보여주는데, 그런 다리 스타일을 트레슬(trestle)이라고 부르는 듯했다. 탁자 등을 받치는 가대(架臺)라는 뜻이라고. 실제 구각교(構脚橋)는 이런 트레슬 위에 길을 만든 교각이라고 한다. 얽을 '구(構)'에 다리 '각(脚)'이다. 다리가 단순한 기둥이 아니라 어떤 구조로 얽혀 있다는 뜻이겠죠?

내가 원하는 건 트레슬 다리에 나무 상판을 얹고 그다지 깨끗하지 않게 쓰는 것이다. 손때도 묻고, 연필선도 좀 있고, 물감도 묻으면 어쩔 수 없고. 너무 깨끗하고 고급스러운 원목 상판에서는 자유로운 작업은 시작부터가 부담스럽다. 이제는 아이맥이 어울리는 그런 책상보다 늘 종이가 펼쳐져 있고 목탄도 굴

러다니고 책 몇 권에 화분도 올려놓을 수 있는 '부담 없는' 탁자를 가지고 싶은 것이다. 당연히 조명도 하나 놓고. 트레슬 다리가 좋은 점은 A자 형태의 다리 사이에 선반이 있는 모델도 있어서 종이를 쌓아놓거나 책상 위의 대표 골칫거리인 프린터를 내려놓을 수도 있다는 점이다. 대부분 높이 조절이 되고 심지어 고정 핀 높이를 다르게 하면 기울기도 조절된다. 그렇다면… 두 조(네 개)를 가지고 있으면 하나는 탁자로, 하나는 그림용 작업대로(기울어진 상판에서 그림을 그리면 왜곡을 잡아내기 좋습니다) 쓰면 되겠군. 음, 좋아.

이제, 트레슬 다리를 구해야 하는데…. 적당한 진하기의 오일이 발린 물푸레나무, 검정 쇠로 된 높이 조절 하드웨어에, 평생 쓸 수 있을 것 같은 멋진 트레슬… 은 구글 이미지엔 많지만 내 주변엔 없다. 북유럽으로 이사 가거나 내가 목수가 되지 않는 한 접하기 어려운 것들이다. 아! 적당한 것이 이케아에 있군요. 세 가지 종류가 검색되는데 핀바드(Finnvard) 중에 자작나무 집성목으로 된 모델이 있다. 높이, 각도 조절이 다 되는데 개당 5만 원이면 괜찮은 편이다. 집성목이니 책상용으로 쓰기에는 하중에 제약이 좀 있겠다. 사실 이케아가 다양성과 가격 면에서 하나의 대안은 될 만하지만 실제로 북유럽에선 오래 쓸 가구를 살 때는 고려 대상에서 제외된다는 기사를 읽은 적이 있다.* 그래도 잘 찾아보면 오래 쓰기에 괜찮은 아이템이 조금 있긴 하다. 핀바드가 그런 경우면 좋겠는데….

트레슬 다리는 순전히 내 취향이기 때문에 좋은 점부터 썼지만 단점도 몇 가지 보인다.

첫째, 다리 부분의 부피가 좀 크다. 왠지 좁은 자취방에선 별로일 것 같다.

둘째, 다리 사이의 간격을 잘 계산해야 한다. 철제 프레임처럼 가로로 상판 전체를 받쳐주는 구조가 아니기 때문에 부실한 상판을 쓰면 가운데가 살짝 처질 수 있다. 두 개의 다리 간격은 상판의 두께와 길이를 고려해서 신중하게 잡아야 할 듯. 간격이 부적절하면 재조정은 언제든 가능하긴 하다. 아주 긴 상판에는 다리를 세 개 쓰는 것이 대안이 될 수도 있겠다.

* 월간 『디자인』의 「이케아를 물었다-북유럽의 한국 디자이너들에게」라는 기사를 검색해보시길. 스웨덴과 핀란드에서 생활하는 일곱 명의 한국 디자이너들이 이케아를 어떻게 생각하는지 물은 짤막한 인터뷰 기사다.

셋째, 트레슬 자체가 투박해 보일 수 있다. 작업실 탁자 다리로 생각하는 이유이기도 하다. 활용하기 나름이지만 한국 사람들의 머릿속에 있는 바람직한 식탁 다리 모양은 아닌 듯하다.

상판은 아직 고르지 못해 트레슬 다리 네 개가 박스째로 합체를 기다리고 있다. 사실 탁자용 원목 상판을 개인이 구하는 건 꽤나 번거로운 일이다. 특히나 제주도에서는. 결국은 자작합판이나 집성판을 재단해서 구입한 후 바니시나 오일을 발라 쓰는 방법이 가장 현실적인 대안인 것 같다. 신혼 때 자작합판에 바니시를 바른 책상을 만들었는데 9년 동안 잘 쓰고 있다. 합판 상태로 배송이 됐을 때는 베니어 합판하고 크게 다를 바가 없어서 좀 실망했다가 바니시를 바르자 따뜻한 나무색이 올라오는 걸 보고 놀랐던 기억이 있다. 트레슬 상판 구입을 위해서 꽤 긴 시간 검색을 했는데 그나마 가장 나은 결과를 보여준 검색어는 '목재 재단'이었다.

자, 트레슬 다리까진 구했으니 이제… 개인 작업실이 생겨야 할 텐데….

대인이십니다

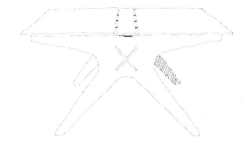

만약 이런 조건을 충족한다면 혹시 가구를 직접 제작하는 것에 구미가 당기시는지?

1. 두께 18T 자작합판 세 장 이하로 재단해서 조립할 수 있는 책상과 책장
2. 아주 근사한, 단순한 디자인
3. 대략 스칸디나비안 감성
4. 재단된 나무로 내가 조립에 도전할 수 있는 수준
5. 나사와 목공 본드, 도구 사용은 최소화한 끼워 맞추는 조립 방식
6. CNC(컴퓨터 수치제어) 재단이 가능한 디자인 파일 다운로드 가능
7. 작업실용 대형 책상 디자인 제공
8. 높이 조절 책상 디자인 제공
9. 트레슬 다리를 가진 책상 디자인 제공
10. 식탁 디자인 제공
11. 커피 테이블 디자인 제공
12. 의자나 스툴 디자인 제공
13. 이 모든 가구의 조립설명서 및 실제 제작 사례 보기 제공

대략 반 정도 해당하면 아래 주소에 한번 구경 가보시길(반 이하여도 가보시길. 상큼한 가구를 구경하는 재미가 있어요). 자기 저작물의 권리를 어느 때보다 강하게 주장하는 시대에, 정말 어렵게 설계했을 디자인 소스를 일반 사용자에게 오픈한, 폼나는 집단이다. 용감한 대인(大人)들이랄까. 이런 대의에 공감했는지 그린피스도 사무실 가구를 전부 여기 디자인으로 제작했다고 한다.

opendesk.cc

반대로, 이도저도 다 귀찮고 위의 조건도 다 필요 없다, 그저 눈에 들어오는 나무(떨어진 문짝 같은)가 생기면 다리나 달아 얼른 책상을 만들고 싶다, 혹시나 자작합판이 생긴다 해도 지지대만 받쳐 침대로 쓰고 싶다, 매트리스만 놓고 써도 상관없다, 그렇지만 좀 유니크해 보이면 좋긴 하겠다, 라고 생각하시는 분이라면 여기도 구경해보시길.

floyddetroit.com

아름다움에 대한 A의 관점

아름다움은 그걸 마음에 담는 순간 개인적인 영역이 되는 것 같다. 다 같이 누워 밤하늘에 쏟아지는 별을 보는 가족도 각각 조금씩 다른 곳을 보는 것처럼. 큰아들은 드문드문 떨어지는 유성우를 눈으로 쫓고, 엄마는 별자리를 새끼손가락으로 이어보고, 아빠는 숲과 하늘의 경계선을 눈으로 찍어뒀을 수도 있다. 막내는 나무 냄새만 기억할 수도 있는 일이다. 그 지점이 조금씩 다르다는 건 너무나 자연스러운 것이다. 그래서 우리는 다른 이가 쓴 소설을 읽고 연주를 듣고 사진을 보는 것 아닐까? 다른 사람이 느꼈을 무언가 (아름다움이 아닐 수도 있지만)를 한 템포 늦게 보는 것뿐이다.

가방 안에 달려 있는 열쇠고리를 보면서 문득 든 생각이다. 무한대 기호처럼 생긴 이 얇은 스테인리스 고리를 슥슥 스케치하면서 만든 이는 무얼 생각했을까. 내가 그 시간 속에 들어가볼 수는 없는데 이미 내 영역 안에 들어와 있는 것. 물건을 만드는 사람의 고민도 바로 그 지점에서 시작하는 것 같다. A의 의도와 아름다움에 대한 관점을 B가 알아채리란 보장은 없는 것이다.

B의 입장인 나는, 자전거용 자물쇠 키, 고리 크

기가 애매한 OTP 생성기, 연결 고리 구멍이 아주 작은 주머니칼이 전부 이 무한대 모양의 열쇠고리에 끼워진다는 것을 알고는 A가 고민한 지점을 유추할 뿐이다. 끼울 수 없는 게 너무 많은 투박한 카라비너에 A는 질려버린 건지도 모른다.

'열쇠는 구멍이 작은 것도 많으니까 이 키 체인의 굵기는 두꺼운 철사 정도를 유지해야 해… 변형되면 안 되니까 스테인리스로 만들고… 카라비너의 잠금 기능도 필요하겠어. 모양은 이렇게 이렇게… 음, 눈사람 모양 정도가 좋겠군. 가운데가 잘록하고 얇으니까 살짝 탄성이 있을 거야…. B가 열쇠를 위에서 끼운 다음 잘록한 부분을 통과시켜 아래 원으로 내리면… 눈사람 목 부분에 걸려서 위쪽 원으로 열쇠가 올라오지 않을 테고 물건들이 제멋대로 돌지 않을 거야! 이거 괜찮군…. 스케치해보니 눈사람보다는 무한대 기호에 더 가까운데? 이름은 둘 중에 하나로 하자!'

이렇게 스케치를 끝낸 A는 제작팀의 C를 만나 맥주병을 부딪치며 실제 스테인리스로 제작이 가능한지 의논했을지도 모른다.

A의 이런 디자인적 고민은 B에게로 와서 사용되면서 완성이 된다. 둘의 생각이 완전히 일치하긴 어렵겠지만 이 얇은 열쇠고리의 기능적인 아름다움까지는 공감이 가능하다. A의 역할은 이 정도까지가 다한 것이라고 생각한다. 이미 열쇠고리는 제'멋'대로 사용하는 B의 영역에 있으니까.

2013년 여름은 나에게 뭔가 변화가 일어났던 시기였다. 아내와 제주도 이주를 얘기하는 시간들이 늘어났고 일러스트 작업은 불황의 흐름을 타고 의뢰가 오락가락하던 때였다. 집중할 대상이 줄어들면 잡생각만 늘어나기 마련이다. 아내는 이왕 그런 여유가 생겼을 때 나를 위해 뭔가를 배워보라고도 했다. 그즈음 파주출판단지에 1년 남짓 출근했던 개인 작업실을 정리했다. 비용도 비용이었지만 겨울밤에 심학산 실루엣을 보며 드라마 〈돈의 화신〉 타이틀을 작업했는데 많이 고독했다(사실 중공군이 몰살한 곳이라는 설에 무서웠어요). 그러던 차에 지인인 건축가 박창현 소장님을 만났는데 '오픈데스크'라는 개념을 처음 접하게 되었다. 여유 공간이 있는 사무실에 단기 입주해서 각자의 전문 영역으로 의견도 나누고 접점을 찾아보자는 취지의 프로그램. 많이 고민하지 않고 며칠 뒤 수락했다. 머릿속에 정체된 공기를 뺄 필요가 있었다. 에이라운드 건축사무소 출근은 그렇게 시작되었다.

나의 가장 특별했던 작업도 이 시기에 있었다. 찬바람이 불 즈음 박 소장님은 동숭동에 '조은 사랑채'라는 다세대 건축물을 진행했는데, 건축주가 완성도를 기하기 위해서 건축물 이름을 디자인으로 풀기

원했다. 기존의 서체는 쓰지 않고 삐침이 없고 둥근 가로획, 세로획, 원을 이용해서 글자를 디자인하기로 했다. A4로 출력한 시안을 벽에 붙이고 사무실 식구들과 토론을 했다. '조은 사랑채'가 잘 읽히는지, 멀리서 작게 봤을 때 두께는 적당한지, 조형적으로 균형이 잡혀 있는지 등 여러 가지 변수를 고민하고 요리조리 수정하기를 거듭했다. 2003년 이후로 10년 동안 소속감 없이 개인 작업만 해왔던 나에게는 그런 '토론', '사무실 생활', '회식' 같은 것들이 일종의 로망이었으므로 그 자체만으로 큰 즐거움이었다.

다음 단계는 완성된 서체 세트를 건축물의 어느 곳에 어떤 재료로 적용할지를 결정하는 것이었다. 문 손잡이에 가죽 공예를 적용하는 식의 접목은 박 소장님의 건축적 관심사 중 한 부분이었는데, 이번에는 각 세대의 문 앞에 메타세콰이어 나무 기둥을 세우고 거기에 세대 호수를 수작업으로 새겨 넣기로 했다. 디자인은 마쳤으니 음각으로 서체를 새겨 넣을 조각기가 필요했다. 검색해보니 드레멜이 이 분야에선 독보적인 위치를 점하고 있는 분위기였다. 드레멜은 보쉬에서 생산하는 로터리 수공구 브랜드인데 드레멜 3000은 주로 조각에 특화된 일종의 핸드드릴이다.

앞쪽 회전축에 여러 가지 용도의 팁을 바꿔 끼우면 절단, 연마, 조각이 가능하다(치과용 드릴과 비슷하다고 보면 됩니다).

배송이 되던 날, 사무실에 있는 샘플 목재에 테스트를 하는데 결. 코. 쉽지가 않다. 힘 조절이 서툴러 날이 나무에 파고 들어가는 깊이가 들쭉날쭉하고, 회전수나 팁 선택이 적절하지 않으면 스케치 선을 훅 넘어가버린다. 디자인한 서체라는 느낌이 드러나려면 최대한 선을 넘지 않고 스케치 선대로 새겨야 한다. 게다가 원목이기 때문에 나뭇결도 문제가 된다. 기둥 방향과 결은 주로 세로인데 글씨는 가로로 새겨야 하기 때문이다. 결끼리 서로 부딪히니 너무 힘을 빼도, 너무 힘을 줘도 안 되는 작업. 익숙해지려면 오로지 연습뿐!

제법 안정되게 글씨를 새길 정도가 되었을 때는 이미 한겨울이었다. 늘 그렇듯이 실전은 연습과는 다른 변수가 있다. 추위는 그림을 포함한 모든 수작업의 최대의 적이다. 당연하게도 손의 감각이 무뎌지기 때문이다. 게다가 잘 건조된 사무실 샘플과 달리 현장에 세워진 나무는 습기를 많이 머금고 있었다. 드릴로 1cm 이상 균일하게 파고 들어가야 서체가 음영

이 생겨 또렷하게 보이는데 젖은 나무의 옹이라도 맞닥뜨리게 되면, 타는 냄새가 날 정도로 힘을 줘야 깊이가 생겼다. 긴장을 늦추면 디자인된 선을 넘어가기 딱 좋은 상황이었다. 하는 수 없이 점묘로 그리는 것처럼 구멍을 뿅뿅 내는 식으로 깊이의 기초를 만들고 나중에 그것들을 연결하기로 했다. 깊이가 생기면 스케치 선을 최대한 정밀하게 다듬으면서 작업을 진행했다. 중간중간 언 손을 호호 불어가며. 쌓인 톱밥을 후후 불어가며. 저녁에는 랜턴을 비춰가며. 글씨 파는 시공업자의 야간작업은 그렇게 며칠간 계속됐다.

그런데 그 겨울 작업을 그다지 힘든 줄 모르고 했다. 나무의 물성도 매력 있고 내가 작업한 서체가 건축물의 일부가 된다는 사실이 좋았다. 그 이전에, 나무에 무엇인가를 새긴다는 느낌 자체를 즐겼던 것 같다. 그만큼 작업자에게 신선함, 새로움이라는 자극은 혹한도 넘기는 큰 힘이 된다. 아마도 몸도 마음도 겨울이었던 그 시기의 나는 그런 것들이 필요했던 것 같다. 그래서 그렇게 옹이 파는 데 집중했나 보다. 흙을 쌓아올리고 물레를 돌리고 그랬나 보다.

+ 인조인간의 모델명 같은 드레멜 3000은 관리만 잘하면 평생 쓸 물건이다. 집 안에서도 써먹을 데

가 많고 손재주가 좀 있는 사람이라면 산책하다가 주운 나무에 조각을 해봐도 멋질 것 같다. 거기에 색칠도 하고. 뭐 그런 식으로 작가가 되는 것 아닐까? 초벌구이를 한 도예 작품에 음각을 하거나 구멍을 내기에도 적합하겠다는 생각이 든다. 최근에는 목판화 작업에도 관심을 가지고 있는데 드레멜 3000이야말로 훌륭한 조각도가 아닐까 하는 생각도 든다. 배경을 전부 파내야 하는 과정을 힘들게 조각칼로 할 필요는 없다는 생각이 든다. 내 인생은 점점 짧아지고 있고 손을 크게 베일 위험도 있기 때문이다. 게다가 정밀한 조각도 가능하고 필요에 따라서는 조각칼로는 어려운 '점묘법'적인 표현도 가능하지 않을까? 해봐야 알겠지만.

+ 이 조각기로 만든 가장 유용한 물건은 CD 받침대. 위의 공사 때 네모난 메타세콰이어 자투리를 몇 개 얻어왔는데 연습도 많이 했겠다 단숨에 일자 홈을 파서 CD를 세워두니 작은 오디오 옆이 더 멋지게 바뀌었다. 자주 듣는 음반들도 기대놓을 수 있고. 요즘은 음반 패키지 두께가 다양해서 폭을 넓게 파면 더 유용합니다(혹시 만드실 분들을 위하여).

영적인 것과 12의 관계

안목이 날카로운 남자가 그 벽시계를 본 것은 10시 9분 35초를 넘어갈 즈음이었다. 버밀리온 색의 초침은 시간을 아주 얇게 저며내듯, 끊어지지 않고 회전하고 있었다. 그의 눈은 초침의 부드러움에 빠져 그 끝을 4분 22초 동안 따라간다.

"소리가………… 나지 않는군."

무의식중에 새어나온 그의 음성에는 진정한 감동 같은 것이 묻어 있었다. 남자는 재킷 호주머니에서 천으로 만든 줄자를 꺼낸다.

벽시계는 완벽에 가까웠다. 직경 262mm의 정원(正圓). 왜곡이 없는 투명 플라스틱 아래 바탕 판은 백색. 역시 플라스틱인 3mm 베젤은 그동안 벽에 걸려 있던 시간을 말해주는 듯 미세한 '쌀색'을 띠고 있었다. 60개의 눈금은 두께 1mm에 길이 10mm. 시(時)를 나타내는 눈금은 길이 20mm. 숫자는 두 시간마다 하나씩, 산세리프에 끝이 둥글려진 검정 서체로 프린트되어 있다.

숫자 12는 0으로 대체되어 있었는데, 이 영적인 시계에 12는 어울리지 않는다고 남자도 마침 생각하고 있던 참이었다. 세 개의 바늘은 프레스로 너무 좁게 찍어내서 시간이 지나면 위아래 멋대로 휘어지거나 바늘끼리 간섭이 일어나는 모양새가 전혀 아니었다. 네모 모양에 같은 비율의 곡선으로 네 귀퉁이가 정교하게 커팅되어 높이를 유지하고 있고, 무브먼트의 회전축과 만나는 부분은 매끈한 원형으로 통일되어 바깥 원의 중심을 이루었다. 그리고 초침 1.7mm, 분침 5.5mm, 시침 7mm의 폭은 마치 서로의 관계를 정직하게 말하고 있는 듯했다.

"……?"

시계를 비스듬히 옆에서 본 남자는 초침의 꼬리를 보고 한 번 더 놀란다. 긴 쪽과 무게 중심을 맞추기 위해서 짧은 꼬리의 뒷면에 얇은 부품을 덧대어놓던 것이다.

"그래… 이 시계야. 이 시계를 사야겠어."

남자는 평소 알고 지내던 출판사 대표에게 보낼 선물을 찾고 있던 것이었다. 제품을 가장 많이 보유하고 있다는 매장에 전화를 걸어 벽시계의 모양을 자세히 설명한다. 한동안 설명을 듣던 직원은 믿기지 않을 만큼 차분한 톤으로 말을 꺼낸다.

"고객님, 그런 모양의 벽시계라면 아마도 재스퍼 모리슨(Jasper Morrison) 씨가 저희와 협업한 8ZG624 Wall Clock 2008 제품인 것 같습니다. 그런데 아쉽지만, 그 시계는 지금 단종됐습니다. 선물을 고려하고 계신다면 USB 전원으로 구동되는 탁상용 선풍기 9ZF001AZ 같은 제품도 괜찮으실 것 같습니다만….

아… 네…. 그 시계가 맘에 드시는 거군요. 충분히 이해합니다. 기회가 되신다면 매장에 한번 방문해 주셔도 좋을 것 같습니다. 불편을 드려 죄송합니다, 고객님."

단종을 시킨 이유는 무엇 때문인지 안목이 날카로운 그 남자도 알 길이 없었다. 게다가 재스퍼 모리슨이 누군지도 알지 못했다. 다만 한 가지, 이런 벽시계를 디자인한 모리슨 씨는 꽤 멋진 심미안을 가진 사람이 분명했다.

빙글빙글 명왕성

10분만 제대로 배우면 평생 유쾌하게 즐길 수 있는 것이 있다. 뭘까요? 아… 사람에 따라 답이 달라질 수도 있겠군요. 맥주 마시기라는 사람도 있겠고 샤워를 떠올리는 사람이나 체스를 생각하는 사람도 있을 것이고. 그런데 내가 말하는 이것은 숙취도 없고, 샴푸를 새로 사거나 욕실 청소를 해야 할 필요도, 다음 수를 위해서 머리를 쥐어짤 필요도 없다. 번거로움은 거의 없고 즐거움이 대부분이다. 그야말로 순도 높은 '즐김'이라고 할 수 있다. 이것은 가볍고 단순한 것으로부터 시작한다. 내 손에서 떠나보내고 그저 공기의 흐름에 맡기면 그만이다. 물론 원하기만 한다면 아주 섬세하게 조절할 수도 있다. 그 과정에 생각은 거의 들어갈 여지가 없다. 유일한 단점은 혼자 즐기기엔 적합하지 않다는 것인데, 이것은 바꿔 말하면 친구(가 아니어도 되고 처음 만나는 사람도 가능하며 심지어 개도 괜찮다. 단, 닥스훈트나 퍼그, 치와와는 부적합)만 있으면 뭔가 상큼하면서도 돈독한 유대가 생길 수도 있다는 뜻이다. 이 상큼한 유대는 동시에 네댓 명까지도 너끈히 가능하다. 그것을 즐기는 동안 선선한 날씨에 멋진 석양이라도 배경에 깔리면 더 바랄 것이 없다. 보는 사람도 왠지 느긋해지는 그것은 바로 (두구두구두구두구두구두구두구두구두구둥!)… 캡틴

아메리카도 좋아한다는… 원반 던지기다.

신이 내린 듯한 이 놀이는 1940년대 예일대 학생들이 처음 시작했다는 것이 정설로 받아들여지고 있다. 이 학교에 납품되던 프리스비 파이 컴퍼니(Frisbie Pie Company)의 파이는 먹고 나면 얇고 가벼운 주석접시가 남게 되는데 이걸 뒤집어서 던지고 놀았다는 것이다. 이들은 이것이 위대한 놀잇감의 이름이 될 줄 알고 있었을까? 상품화는 동시대의 건축 검사관 월터 프레데릭 모리슨이라는 사람이 했는데 1938년 캘리포니아 해변에서 여자친구 루실과 5센트 짜리 케이크 접시를 던지고 놀다 착안했지만, 잠깐 2차대전 중 공군에서 p-47 선더볼트 전투기를 몰다가(원반의 비행 원리를 깨우치게 됐다고) 1946년에 '월로 웨이(Whirlo-Way)'라는 이름의 첫 스케치를 완성한다. 여러 개의 금속제 원반 시제품을 만들다가 1948년 '플라인 소서(Flyin-Saucer)'라는 플라스틱제 원반을 처음으로 시판하게 된다. 자료를 보면 원반 위에 나선형 돌기가 있는 디자인인데 판매가 신통치 않았다고 한다.

월터 씨는 금형 투자자와 결별하고 독자적인 원반을 다시 만드는데 1955년에 시판된 '플루토 플래터(Pluto Platter, 명왕성 접시)'였다. 나선형 돌기를 없애면서 현재 원반의 원형이 된 기념비적인 모델이었다. 이 모델은 비로소 원반답게 날기 시작했고 단순한 디자인으로 제작 단가도 낮아졌다. 사업성이 있다고 느꼈는지 훌라후프 등을 만들던 '윔오(Wham-O)'라는 회사가 인수해서 판매하다가 1957년, 예일대 역사가 담긴 파이 이름을 조금 바꿔 '프리스비(Frisbee)'로 상표 등록을 하기에 이른다. 아마도 원반에 재미있는 스토리와 정통성을 부여하고 부르기 쉬운 이름으로 상품성을 높이자는 전략이었던 것 같은데 개발자 월터 씨는 이 이름을 끔찍이 싫어했다고. 자기 부인과의 추억이 담긴 물건에 엉뚱한 스토리가 덧입혀져서일까? 어쨌든 싫어하거나 말거나 그는 이미 돈을 받았고 프리스비라는 상품명은 지금까지 플라잉 디스크의 대명사처럼 쓰여 왔다. 90년대부터 원반을 날리던 나도 이 이름에 더 익숙하긴 하다. 아무튼 그 후로도 월터 씨가 여러 가지 디자인의 원반을 만들었지만 명왕성 접시를 뛰어넘는 건 없었다고 한다. 전세계적으로 프리스비는 2억 개가 팔렸고 98년에는 장난감 명예의 전당에 헌액된다. 원반의 창조자 월터 옹은 2010년에 눈을 감으셨는데 어쩌면…… 명왕성에 살고 계실지도.

클래식한 프리스비를 여전히 제일 좋아하지만 새로운 소재로 만든 재미있는 플라잉 디스크가 많이 나왔다. 외국에서는 얼티메이트(미식축구의 원반 버전 정도?), 프리스타일(다양한 던지기, 장애물 묘기), 프리스비 도그(반려견과 함께), 디스크 골프(홀이 아니고 쇠사슬 배스킷에 넣는 경기. 골프의 드라이버, 퍼터처럼 상황별로 디스크를 바꿔서 쓴다) 등 본격적인 스포츠 장르로 발전했기 때문인데 종목별로 원반의 디자인이 조금씩 차이가 난다. 이중에서 얼티메이트, 프리스타일에는 175그램짜리 클래식 프리스비가 여전히 쓰이고 있다. 균형, 내구성을 대체할 만한 것이 없기 때문이다.

요즘 사용해본 것 중에 가장 좋았던 건 '에어로비(Aerobie)'라는 제품이었다. 반투명 플라스틱 테두리에 말랑한 플라스틱을 이어붙인 디자인인데 120그램이라는 무게에 비해 아주 안정되게 멀리까지 날아가고 정밀한 조정이 가능하다. 부드러운 테두리 덕분에 반려견과 함께 즐길 수도 있고 프리스비보다 좀 더 안전한 편이다. 손에 접지도 더 강하게 되는데 이건 선호도의 문제라 장점으로 보기는 어렵다. 원반 테크닉 중에는 벽면 라인과 비슷하게 던져 원반이 벽을 긁으면서 날아가게 하다가 상대방이 잡는 방법도 있는데 이런 건 아예 불가능하다. 대신 물에 잘 떠서 해변에서 날리기엔 적당한 편이다. 아마도 프리스비를 계승할 가장 강력한 후보가 아닐까? '닷지비(Dodgebee)'라는 제품은 처음 봤을 때 좀 충격적이었는데 전체가 나일론으로 되어 있고 테두리 안에 우레탄이 들어 있는 형태다. 마음먹고 세게 던져도 안전하다. 심지어 얼굴에 맞아도 안 아프다. 중절모자를 던지는 느낌에 가까워서 어린이와 놀기엔 딱이다. 대신 바람이 좀 있으면 비행감은 그야말로 안습이다. 가볍게 뒤집히면서 양력을 유지할 수가 없다. 차라리 에어로비를 살살 던지며 즐기는 게 더 좋을 듯.

원반도 엄연한 비행체여서 떠오르는 데 양력이 필요한데 원반의 단면을 자르면 그 반지름의 모양이 비행기의 날개 단면과 흡사한 구조를 가지고 있다. 소위 에어포일(Airfoil, 날개골)이라는 구조인데 원반은 회전체니까 이 비행기의 날개 단면을 360도로 쭉 돌려가며 붙인 형태인 셈이다. 원반을 던지면 에어포일 위쪽으로는 유속이 빠르고 압력이 낮은 공기가, 원반 아래 면은 상대적으로 유속이 느리고 높은 압력이 생기는데 높은 곳에서 낮은 곳으로 향하는 압력의 속성 때문에 떠오르는 힘이 생겨난다. 던질 때 발생하는 추진력과 동시에 이와 같은 양력의 힘으로 날아가게 되는 것이다. 이 작은 비행체는 약한 바람에도 급격하게 떠오르거나 내려앉기도 하는데 비행기가 난기류를 만나서 들썩이는 것과 비슷한 현상이다. 받는 사람과의 거리는 감으로 조절하는데 이건 앞에서 말한 두 가지 힘과 떨어뜨리는 힘인 저항력, 중력을 몸이 경험치로 계산한다는 뜻이기도 하다. 상대방이 좀 던지는 편이면 밀어내는 힘을 세게 해서 멀리 보낼 수도 있고, 아이들이나 초보자한테는 살살 밀어내되 손목 스냅으로 회전수만 많이 주면 체공 시간이 길어지면서 천천히 부드럽게 받는 사람한테 내려앉게 된다. 그런데 이렇게 복잡하고 분주하게 움직이는 건 원반이 할 일이지 우리가 계산하거나 고민할 건 아니다. Just fly it.

던지기 자세와 기술이 꽤 많지만 분주하게 뛰어다니지 않으면서 즐기기 위해서는 딱 한 가지만 잊지 않으면 된다. '손에서 떠나는 마지막 순간까지 수평을 유지할 것.' 20년 넘게 즐긴 사람이 전하는 유일한 팁이니 믿어도 손해는 안 볼걸요? 혹시 저하고 제주도에서 마주친다면 원반이나 한번?

우리의 마음을 한결 말랑하게 해주는 방법

굳은 표정의 그녀는 침대 위 여행가방에 옷을 거칠게 구겨 넣는다. '이제 다 끝났어…'라고 되뇌며. 물건을 대충 욱여넣은 가방 위에 올라앉아 지퍼를 닫아보지만 잘 닫힐 리가 없다. 갑자기 여자는 소리를 내지르며 미친 사람처럼 벽에 가방을 집어던진다. 옷은 사방으로 널브러지고 깨진 향수병은 독한 향기를 떨어뜨린다. "모든 게 다 엉망이야…." 그녀는 침대 한 귀퉁이에서 얼굴을 감싸쥐고 흐느끼기 시작한다….

영화에서 보통 이런 장면은 '인생이 안 풀린다'로 해석된다. 때로는 제대로 안 닫히는 지퍼 하나로 좌절감을 느끼는 것이 사람이다.

진짜로 지퍼 이야기인데, 요즘은 방수, 마감과 관련해서 지퍼를 원단으로 덮는 방식이 많아 필요할 때 잘 안 열리는 경우가 많다. 대개는 잘 달래서 열면 그만이지만 마음에 여유가 없을 때는 그게 생각처럼 쉽지 않다. 어쩌면 이건 우리의 멘탈과 연결된 문제일지도 모른다. 그리고 때로는 어깨 컨디션과 연관된 문제이기도 하다. 가방을 발아래 내려놨는데 지퍼가 말을 안 들으면 몸을 어찌 비틀다가 어깨 관절에 소스라치게 고통스러운 아픔이 오기도 한다(오십견 초기

증상. 모니터를 많이 보면서 거북목인 사람한테 빨리 올 확률이 높다고 하네요).

그렇다고 지퍼 문제를 선배와 의논하거나 정신과 상담으로 해결할 필요까지는 없다. 그저 지퍼를 조금만 길게 연장해주면 된다. 이러면 슬슬 지퍼가 열리기 시작한다. 흔히 이런 용도의 제품을 지퍼풀(zipper pull)이라고 하는데 고무 손잡이에 나일론 줄이 달려 있는 일체형도 있고 파라코드*와 손잡이 부품을 결합하는 방식도 있다. 적당한 길이로 파라코드를 잘라서 지퍼 손잡이에 넣고 꽉 물리면 완성이 되는 식이다. 번거로우면 그냥 파라코드만 지퍼에 매듭을 지어줘도 훌륭하게 제 역할을 한다. 주로 캠핑용품이

---

*   파라코드(Paracord)는 'parachute cord'의 줄임말로, 550코드라고 부르기도 한다. 간단하게 설명하자면 그냥 낙하산 줄이다. 550은 줄 하나가 견딜 수 있는 하중이 550파운드(약 270kg)임을 뜻한다고. 우리나라에서 쉽게 구할 수 있는 파라코드는 미국 애트우드(Atwood)사 제품인데 위의 하중 조건을 충족한다. 보통 30m 단위로 판매하는데 맘에 드는 색을 하나 사두면 옷, 가방의 지퍼풀 외에도 신발 끈으로 쓰거나 기타 케이스 지퍼에 묶어둘 수도 있다. 특히 캠핑이나 카약을 즐기시는 분은 활용할 곳이 많다. 튼튼하지만 등반용 로프나 인명 구조용으로는 부적합하다고 한다.

나 밀리터리용품을 취급하는 온라인숍에서 판매한다.

　　뭐 그런 것까지, 라고 생각하신다면··· 이건 우리의 마음을 한결 말랑하게 해주는 방법일 수도 있어요. 특히 매일 쓰는 가방이라면.

깨지지 않는 아름다움

코렐(Corel)이라는 브랜드에서 "깨지지 않는 아름다움"이라는 광고 카피를 꽤 유행시킨 적이 있었는데 철저하게 내 경험에 비추어봤을 때 과장 광고에 가깝다. 왜냐하면 1. 잘 깨지고 2. 그다지 아름답지 않기 때문이다. 싱크대 높이에서 떨어지면 열에 여섯은 아주 뾰족하게 조각이 났는데 뒤처리가 매우매우 곤란했다. 특히 냉장고에 반찬을 담아 차가운 상태로 두었다가 모서리부터 세로로 떨어지면 거의 99퍼센트 산산조각이 난다. 이 글을 코렐이 본다면 나를 고소할 것이 아니라 아이들이 다칠 수도 있는 재질에 과장 카피를 쓴 걸 부끄럽게 생각해야 하지 않을까? 여전히 단골 혼수품으로 꽤 큰 수익을 내고 있기 때문이다. "간혹 깨지기도 하는 하얀 자기" 정도가 어쩌면 코렐에 어울리는 카피일 수도. 물론 이런 문구로 광고를 할 순 없겠지만.

내 경험에 비추어보면 "깨지지 않는 아름다움"이라는 카피는 프랑스 강화유리 브랜드 듀라렉스(Duralex)에 훨씬 더 잘 어울린다. 카페나 바에서 하단에 각이 잡힌 투명 컵들을 흔히 볼 수 있는데 이 '쉐입'의 원조라 할 수 있는 것이 듀라렉스의 '피카디'라는 컵이다. 피카디 외에도 대략 스무 개가 넘는 컵과 접시들을 7, 8년 가까이 쓰고 있지만 코렐과 비슷한 조건에서 떨어져도 깨진 적은 없다(새로 살 일도 없어지기 때문에 뭐든지 쉽게 질리는 분들은 꼭 소량으로 사시길). 하지만 강화 유리라 하더라도 큰 충격에는 파손이 되긴 할 것이다. 제조사에서는 자잘하고 둥글게 깨진다고 소개하고 있는데 아직 깨지는 걸 못 봤으니 파편 모양을 확인할 길은 없고, 인터넷 검색을 하면 아이가 듀라렉스 컵 밑바닥으로 각목에 못을 박는 영상은 확인할 수 있다. 물론 깨지진 않는다.

"보호하고 싶은 아름다움" 정도의 카피가 있다면 핀란드 브랜드 이딸라(iittala)의 '떼에마' 제품군에 어울린다고 생각한다. 아무런 장식도 기교도 없는 단순한 그릇이지만 색감과 모양에 흠잡을 구석이 별로 없다. 당연히 깨지는 걸 아니까 감안하고 조심해서 다루게 된다. 대부분의 도예 제품도 여기에 해당된다고 생각한다(최근에는 무인양품의 1397078 화이트 포슬린 컵도 아름다웠다고 생각한다). 커피를 맛있게 만드는 법은 잘 모르지만 떼에마 컵에 따라내면 대부분 컵을 감싸쥐고 온기를 느끼거나, 대화가 잠시 끊어지면 물끄러미 컵을 응시하게 된다.

3미터 아니에요

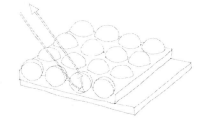

가끔 상대방이 고약하거나 뚱딴지같은 말장난을 걸어오면 대응하기 편한 단어가 하나 있다. "반사." 이런 경우 그가 나한테 보낸 게 그에게 다시 고스란히 돌아가야 하는데 이걸 빛의 반사로 치면 재귀반사에 속한다고 볼 수 있다. 재귀반사는 나에게 빛이 어느쪽에서 오든 광원 방향으로 그대로 돌려보내는 것을 뜻한다. 정교하고 민첩한 슈퍼히어로의 반응처럼. 마음이 불안정해서(표면이 거칠어서) 주변에 있는 아무한테나 마구잡이로 빛을 쏘아댄다면 난반사, (거울처럼) 겉은 반반하나 속을 알 수 없는 타입이라 오른쪽 사람한테 받은 걸 뜬금없이 왼쪽 사람에게 보내는 것을 거울반사라고 한다. 거울반사는 정면에서 온 빛만 그대로 돌려보내고 조금이라도 각도가 있는 빛은 그 반대 방향으로 보내는 특징이 있다.

예민하고 꼼꼼한 마인드로 별걸 다 만들어내는 3M에서 이 지점을 유심히 본 것 같다. 재귀반사 원단을 만든 것. 운동복 소매나 등 뒤의 안전 반사 프린트 혹은 뉴발란스 운동화 레이어에 은색으로 번들거리는 원단이 있다면 빛을 비춰보면 바로 알 수 있다. 밤에 운전하다 보면 발만 둥둥 떠다니는 것처럼 막강한 반사력을 보여주는 천이 스카치라이트(Scotchlite)

원단이다. 2.54cm² 안에 미세한 유리구슬(구슬 뒷면에 반사코팅이 되어 있다)을 13만 개 정도 접착시켰는데, 유리구슬에 빛이 들어오면 굴절돼서 코팅된 뒷면에 반사된 후 다시 광원 방향으로 되돌아가는 식이다. 이 빛의 세기는 물론 광원의 세기에 비례하지만 흰색 천에 비해 대략 2천 배 정도의 밝기, 3km 밖에서 인지할 수 있는 정도라고 3M은 소개하고 있다.

가족이 자전거 타는 걸 좋아하거나 헤드폰을 끼고 사는 분들한테 이 원단은 유용할 수 있는데 우리나라에는 스티커 타입과 재봉 타입이 오픈마켓에서 판매되고 있다. 스티커는 자전거 포크(앞바퀴를 잡고 있는 소리굽쇠 모양의 파트), 헬멧에 붙이고 재봉용은 소매, 목깃에 박음질해주면 효과가 있다. 폭이 넓은 원단을 사용하면 당연히 효과는 더 좋아진다. 적당한 크기로 잘라서 핀으로 위치를 지정하고 수선집 아저씨와 가격만 합의하면 되는 것이다. 의류용으로 만들어진 것이라 세탁은 가능하지만 스카치라이트도 결국은 천이기 때문에 횟수가 많아지면 성능 저하는 생긴다고. 참고로 5년 정도 신은 뉴발란스 999는 자주 세탁하지 않고 다른 신발과 돌아가면서 신었기 때문에 아직까지는 성능 저하가 전혀 없다. 그런 걸로 봐선 윈드브레이커나 백팩에 부착하면 충분히 오래가지 않을까?

　　이 빛나는 원단을 검색할 때 주의할 것이 두 가지 있는데(특히 아마존 직구) 첫째, 3M은 회사 이름이지 판매되는 원단 길이가 3m는 아니라는 점. 실제로 검색해보면 일반 소비자용은 91.4cm 단위로 파는 제품이 대부분인데 3M이 제품명에 들어가 있기 때문에 오해할 소지가 충분하다. 3M의 1.44메가 플로피디스크가 있던 시절도 '혹시 새로 나온 3메가짜리?'라는 오해를 많이 받았다고. 둘째, '스카치 브라이트'라고 치면 절대로 검색이 안 됩니다. 왜냐하면 'Scotch Brite'는 청소용품 라인이니까.

어떤 앱을 사용하세요?

메모

Patterning: Drum Machine

'음… 만약 내가 기타 솔로를 친다면 뒤에서 누가 근사한 드럼을 깔아줬으면 좋겠어. 예를 들어 샤데이(Sade)의 ⟨The Sweetest Taboo⟩ 멜로디를 치면 세련된 일렉트릭 톤의 16비트 드럼이 나오는 거지. 그럼 곡을 재해석한 느낌도 들 테고 정말 근사할 거야.' 이런 비슷한 생각을 한 분이 있다면 이 앱이 그 역할을 해줄지도 모른다.

앱을 열면 디제잉 턴테이블처럼 생긴 화면이 나오는데 가운데에 비트를 만드는 원이 있다. 왼편에 있는 베이스, 킥, 스네어 등 드럼 파트별 버튼을 오른쪽 원에 찍고 횟수를 조절하면 기본 비트가 생기는 방식이다. 파트를 더하면 원의 개수가 많이 쌓이고 원을 지우면 파트가 줄어든다. 원하는 파트의 원을 언제든 위로 올려서 변경할 수 있는 직관적인 방식이어서 '조금 가지고 놀다' 보면 대략 원리를 알 수 있다. 나머지는 거의 세부 조절을 위한 스위치 정도로 보면 된다.

이 드럼 머신의 첫 번째 매력. 멋진 그래픽 디자인으로 사용법을 유도한다. 전체가 마치 하나의 그래프 세트처럼 제한된 색과 단순한 도형으로 이루어져 있는데 어두운 곳(공연장)에서 작동되면 색조화장 팔

레트가 들썩이는 듯한 느낌이 든다. 시각적인 완성도는 곧 설명서(물론 메뉴가 있어 파트별 설명이 나온다) 없이 작업이 가능하다는 것에서 알 수 있듯이 대단한 내공이자 고민의 결과인 것 같다. 제작사인 올림피아 노이즈(Olympia Noise)사에서 나오는 음악 앱은 전부 '그래픽+음률'의 조합으로 디자인되어 있고 콘셉트만 달라진다. 하나같이 완성도가 높아서 동영상을 참고하는 재미만도 쏠쏠하다.

이 드럼 머신의 두 번째 매력. 사운드 라이브러리가 막강하다. 복잡한 박자를 만들 만한 여유는 아직 없어서 기본 박자를 만들고 드럼 키트 메뉴에 들어갔는데 여기서 앱의 진가가 나온다. 드럼의 음색을 바꿀 수 있는 키트들이 있어 플레이 중에 적용만 하면 음반에서 들을 법한 소리로 바뀐다. 빈티지한 드럼에서 복고풍의 전자음, 몽환적인, 건조한, 도회적인, 토속적인 느낌 등 순도 높은 키트들이 기본적으로 50개 정도 있다. 다른 드럼 앱도 이런 사운드 적용 기능은 흔하게 제공하지만 음색이 조악해서 사용하고 싶은 마음이 안 드는 것이 많다. 이 앱은 자기의 악기나 미디(midi) 연결이 가능하기 때문에 사용자들이 라이브러리에 자기가 만든 키트를 업, 다운로드 할 수 있다. 나 같은 초짜도 맘에 드는 키트를 들어보고 다운

하면 달랑 기본 비트 한 개만 가지고 있어도 수십 가지 음색의 드럼 머신을 쓸 수 있는 셈이다. 음… 그렇다면 2인조 밴드 정도가 괜찮겠군. 기타 멜로디도 좀 따고… 시간도 좀 내야겠는데… 하긴 이런 앱도 시작에 불과해. 익숙해지는 것과 잘 쓰는 것은 엄연히 다른 문제니까. 결국 이런 결론에 이르는군요.

NTC Nike+training club

무료 앱, 아이폰 전용, 아이패드에 다운 가능. 앉아서 글을 쓰는 사람에게 제일 중요한 것 중 하나는 체력이라고 무라카미 하루키가 에세이에서 여러 차례 밝힌 바 있는데(그의 운동법은 달리기, 수영) 그림 쪽 직업도 크게 다르지 않다. 헬스클럽 4년과 요가 2년, 식탐 반복, 수영 1년, 육아 과체중, 다시 요가 2년 코스를 밟아오면서 느낀 결론은 운동은 자기가 좋아하는 걸로 무리하지 않고 거의 매일, 식사 조절이 건강의 80퍼센트 정도? 틀렸다고 지적해도 어쩔 수 없다. 나는 그렇게 믿으니까. 문제는 혼자서 실천하기가 어렵다는 건데 이 트레이닝 앱은 깔끔한 완성도 때문에 종종 따라 하게 되는 묘한 구석이 있다. 운동 강도, 어디를 단련할 것인지, 도구 사용 여부, 운동 시간으로 필터링을 하거나 아니면 마음에 드는 PT 프로그램을 하나 골라잡고 우선 다운을 받는다. 플레이하면 핸드폰 안에 깔끔한 스튜디오가 나오고 나이키 옷을 입은 매끈한 트레이너가 정확한 동작을 먼저 보여준다. 끝까지 나하고 같이 운동해주니까 동작마다 시작 알람이 울리면 따라 하기만 하면 된다. 사이사이 쉬는 시간이 있다는 뜻. 초급 운동도 정확하게 하면 땀이 쏙 나는데 꾀부릴 만하면 "분발하세요. 정확하게 동작하세요. 10초 남았습니다." 같은 독려 멘트가 나온다. 물론 동작에 대한 주의점도 사전에 알려주고 끝까지 버티면 칭찬해준다. 한마디로 PT 강사를 핸드폰에 넣어가지고 다니는 셈이다. 일반인인지 선수인지 모를 트레이너를 고용한 나이키도 나름 구매욕을 노리고 만든 앱이긴 하지만 업계 큰손답게 PT를 추가하고 돈을 내라고 하지는 않는다. 혹시 요가 계의 NTC를 찾으신다면 'Yoga Studio'라고 할 수 있을 듯. 깔끔한 완성도 면에서 아주 많이 닮았다. 요가 앱은 선생님에게 배우면서 수업이 없는 날 수련용으로 활용하는 게 좋다. 자세 교정이 필요한 분야이기 때문에. 아, 그리고 최근에는 NTC에도 요가 클래스가 시작되었다.

Procreate

6.59달러. 관점에 따라 의견이 갈리겠지만 본인이 포토샵의 방대한 기능을 반도 안(못) 쓴다면, 순수하게 그리는 것에만 집중하는 타입이라면, 아직까지 태블릿 기기에선 대안이 없을 정도로 훌륭한 앱이라고 생각한다. 오히려 업데이트 되는 브러쉬의 종류, 펜의 민감도, 캔버스 회전, 아주 얇은 선을 쓸 수 있는가, 회화적인 표현이 가능한가의 기준에선 포토샵(과 데스크탑용 액정 태블릿)을 능가하는 구석이 있다. 예를 들어 브러쉬 메뉴 중에 '스케치-보노보 분필'이라는 것이 있는데 이걸로 배경 작업을 하고 '스케치-테크니컬 연필'로 극세밀 선을 적절히 섞어 써서 에칭(동판화)의 느낌을 표현하는 작가도 있을 정도. 방대한 기능을 넣기보단 그리는 행위에 필요한 요소들에 집중했다는 느낌이다. 현명한 판단 덕분에 프로그램 무게는 가벼워지고 아이펜슬로 그릴 때 지체 현상이 없다(캔버스가 매우 크면 살짝 생깁니다). 빠르게 연필선을 그어가는 감을 아이패드에서 가질 수 있다는 뜻이다. 이건 꽤 중요한 부분인데 그림이 업인 사람들에겐 작업 능률과 직결되는 문제이기 때문이다. 실제로 2017년에 내가 작업했던 단행본의 표지 몇 개는 이 앱으로 별 어려움 없이 마칠 수 있었다.

CASA brutus

한 권 다운받을 때마다 결제. 예전에 즐겨 보던 일본 잡지 중에 하나가 『브루투스brutus』였다. 생활, 문화, 예술, 여행 등 삶의 전반에 걸친 주제 중 하나를 골라 다양한 시각으로 접근하는 잡지. 이제는 앱으로 출시돼서 보기가 더 편해졌다. 까사 브루투스는 제목처럼 건축과 공간에 더 초점을 맞췄는데 개인 주택에서 공공 건축, 인테리어 소품을 아우르는 그들 특유의 기획력을 보여준다. 앱으로 보는 잡지의 장점은 역시 무게가 제로라는 것이다. 자료로 몇 권씩 들고 다니거나 포스트잇을 붙여가며 스크랩을 할 필요가 없어졌다. 함량 미달인 잡지를 폐지로 직행시킬 일도 없고. 활자의 무게가 담긴 종이책을 선호하지만 잡지만큼은 앱으로 출시하는 것이 여러모로 바람직하다는 생각이 든다. 시장에서도 나름 반응이 있는지 꽤 많은 잡지사들이 앱 출시를 하고 있다. 『GO OUT』이라는 일본 아웃도어 잡지나 미국의 회화 동향을 소개하는 『Art in America』, 한때 디자인 회사들이 꼭 몇 권씩은 가지고 있던 『Wallpaper』도 앱으로 가끔 보게 된다.

RNI films

무료 앱. 아이폰 전용. 일부 필름을 제외한 주요 필름 선택시 유료. 인스타그램의 사진 필터가 피사체의 분위기를 바꾸는 느낌이라면 이 앱은 예전 필름 사진 때의 무드로 근본적인 변환을 시켜준다. 필름 흉내만 낸 것이 아니고 필름별 사진 데이터를 꽤 세밀하게 연구해서 디지털 데이터에 덧입힐 수 있게 노력한 흔적이 보인다. 필름의 종류가 꽤 많은데 'B&W' 메뉴에는 많은 작가들의 사랑을 받았던 일포드(llford) 흑백 필름이 종류별로 있고(코닥은 Tmax 대신 TriX가 있습니다), '빈티지 필름'에는 한국에서 현상이 까다롭기로 유명했다던 슬라이드 코다크롬(Kodachrome)*의 50~70년대 데이터들이 전부 망라되어 있다. 이 필름의 마지막 생산분이 스티브 맥커리**에게 헌정된 건 꽤 알려진 일화다. '네거티브' 필

* 70년대 포크 가수 폴 사이먼이 〈코다크롬〉이란 곡을 만들 정도였으니 사진사에서 꽤 중요한 필름이었던 것 같다. 우리나라에는 88올림픽 때 외신기자들이 사용할 수 있도록 현상 시설을 만들었는데 후에 수익성이 맞지 않아서 철수하게 되었다고.

** 『내셔널 지오그래픽』 표지에 아프간 소녀 사진이 실려 유명해진 미국 보도사진 작가. 매그넘 회원으로 명성을 구가했지만 블로그에 올린 작품과 사진집에 실린 사진이

름은 후지 슈페리아와 네츄라, 코닥 엑타와 포트라가 메인으로 자리잡고 있고, '슬라이드'에는 후지 벨비아, 아그파 울트라, 코닥 엘리트 크롬 등이 있다. 신사동 포토피아에 매주 들락거리며 현상 의뢰를 했던 추억의 이름들이다. '인스턴트' 메뉴도 종류가 꽤 많아서 즉석 사진의 느낌으로 다양하게 변환해볼 수 있다. 앱의 진화가 이런 클래식한 측면을 복원하는 쪽에도 해당한다는 건 참 고마운 일이다. 물론, 필름 톤으로 전환한다고 사진이 좋아진다는 보장은 당연히 없지만. 한 가지 아쉬운 점은 필름 패키지가 유료인데 반해 프린트에 적합할 만큼 고해상으로 저장되는 것 같지는 않다는 것이다. 이 호사스런 필터가 SNS용이라니.

스카이 가이드 Sky guide

무료 앱. 실행시키고 아이패드를 하늘에 가져가면 별자리를 보여주는 멋진 앱이다. 나도 그랬지만 처음 접하는 사람은 누구나 "오!" 하는 반응을 보인

차이를 보여 포토샵 수정 의혹을 받기도 하는 인물(필요 없는 인물을 지울 정도의 수정으로 보도사진의 정신에 위배된다는 비판을 받고 있다).

다. 최근에 이웃들끼리 의기투합해서 남해 여행을 갔
는데 여수 한옥 스테이는 불빛이 없는 산자락 밑이라
별이 꽤 잘 보였다. 저건 되게 반짝이는데 무슨 별일
까 할 때 갑자기 쓰윽 들이밀어서 꽤 호응을 얻었다.
어른 일곱 명이 평상 위에서 함께 돌아가면서 별을 헤
는 장면도 지금 생각해보면 꽤 볼만했겠다는 생각이
든다. 아이들도 거의 예외 없이 좋아하는 앱이다. 설
정에 따라 별자리에 얽힌 신화도 읽을 수 있고 확대하
면 성운이나 별의 모양도 볼 수 있어 '손가락 워프'가
가능하다. 저 많은 별에 과연 이름이나 있을까 싶어
도 찍어보면 하나하나 이름과 상세 정보가 다 있다.
이름을 정한 사람이나 앱을 만든 사람이나 정말 대단
하다.

기타 튜너 Guitar tuna

무료 앱. 기타, 우쿨렐레, 베이스, 바이올린…
거의 모든 현악기의 조율이 가능한 앱이다. 기타에
직접 장착하는 튜너에 비해서 정확도가 떨어지지 않
을뿐더러 오픈 튜닝 등 대부분의 변칙 튜닝으로 설
정이 가능하다. 메트로놈 기능에 심지어는 기타 코
드 앱들이 제공하는 모든 코드의 운지법도 볼 수 있
다. 그들이 자칭 세계 최고의 튜너라고 소개할 만하

다. 이 앱을 만든 유지션(Yousician)이라는 제작사는 음악을 학습하는 앱(기타, 베이스, 피아노)으로도 나름 유명한데 단계가 세분화되어서 기타 초급 단계는 아홉 살 큰아들도 곧잘 따라서 친다. 좋은 앱을 발견하면 그걸 만든 회사의 다른 앱들을 한번 꼭 살펴볼 필요가 있다고 생각한다.

타이니밥 Tinybob

앱 이름 아님. 어린이 학습 앱 제작사. 바로 위에서 좋은 앱 제작사는 다른 앱들도 대부분 살펴볼 만하다고 했는데 타이니밥이란 제작사가 그런 경우다. '타이니밥의 뒤죽박죽 동물 정원'을 예로 들면 마치 옛날 종이오려붙이기처럼 동물 캐릭터를 만들 수 있는 메뉴창이 있다. 얼룩말 몸통에 코끼리 다리를 붙이고, 도마뱀 꼬리에 새 부리가 달린 원숭이 얼굴을 붙일 수 있는 식이다. 다 붙이면 이 캐릭터가 설렁설렁 움직이기 시작한다. 벌써 이 과정에서부터 두 아들이 깔깔거리며 흥미를 보인다. 선명한 색상과 신선한 균형의 뭔가 유니크한 캐릭터가 자기 손으로 만들어지는 것이다. 그럼 이제 이 캐릭터에 이름을 붙이고 밋밋한 생태계로 내보낸다. 이곳에도 역시 연못, 나무, 구름, 화산 등의 옵션이 있어 자기만의 세계를 슬슬 만들어갈 수 있다. 이 캐릭터끼리 경주를 시킬 수도 있고 위치를 옮겨가며 아이들이 대사를 붙일 수도 있다. 타이니밥의 앱들은 이런 '천지창조 놀이'식 구성을 기본으로 인체, 자연, 태양계, 기계를 소재로 하는 앱도 만들고 있다. 이런 정도라면 태블릿도 괜찮은 놀이 도구가 될 수 있을 것 같다. 나의 경우엔 아이들에게 20분 정도 알람을 맞춰놓고 쓰게 해준다.

메모장

무료 앱. 2017년도 조성민 앱 영예의 1위. 요즘 가장 유용하게 쓰고 있는 앱은 메모장(애플)이다. 지금도 이 메모장으로 원고를 쓰고 있다. 내일 아침이면 사라져버릴 생각들이 당신과 내 머리에 하루에도 몇 개씩 스쳐 지나간다. 어느 순간 초현실화로 그려지거나 산문으로 기록되거나 정원 레이아웃으로(누구에겐 세계를 구할 수 있는 엄청난 것으로도) 변신할 수 있는 생각들일지도 모른다. 이걸 눈으로 볼 수 있는 형태로 굳히는 데는 메모만 한 습관이 없다. 그렇다고 내가 메모를 꼼꼼히 잘해왔다는 뜻은 아니다. 오히려 정반대의 경우다. 이십대까지는 해가 바뀌면 새 수첩이나 스케치북을 샀지만 열 장도 넘기기 힘든 걸 알고는 그 후로는 시도도 안 했다. 악필인 것도 한

못한다. 최대한 자세하게 솔직히 기록해놓으면 되는데 대충 휘갈겨놓는 데다가 남을 의식하는 글이라 다시 보면 영 건질 것이 없다. 그래서 한동안 메모에 대한 부담은 편하게 내려놨다고 할까. 핸드폰 안의 메모장은 언제든 쓸 수 있고 타이핑이라 명확한 기록으로 남겨진다. 해변에서 뭔가를 쓰면 이미 아이패드와 맥에 같이 기록돼 있으니 시간이 지나도 생생한 상태에서 글을 보완할 수가 있다. 누군가 이야기를 나누다가 좋은 생각이 나면 양해를 구하고 기록한다. 예전보다 훨씬 더 '습관성 메모'를 하는 데 익숙해진 건 순전히 메모장 덕분이다. 글을 쓰다 틈틈이 눌러야 하는 세이브 버튼 따위, 필요 없으니까. 생각이 더 안 나면 쓰기를 멈추고 털고 일어나면 그만이다.

바다타임

바다타임은 해루질(수위가 낮아진 해안을 걸어 다니며 불빛을 비춰 해산물을 잡는 것)에 활용한다. 물때표를 보면 최저 수위가 날짜, 지역, 시간별로 상세히 기록되어 있는데 적당한 때에 운이 좋으면 갈고리가 달린 막대 하나로 문어나 낙지를 잡을 수 있다. 제주 문어 해루질은 추석 전후가 절정이다. 내 최대 기록은 하룻밤에 여덟 마리였다.

당신의 바다는 어디인가요?

제가 관심사의 해변에서 둥둥 떠다니는 모습을 멀리서 좀 즐기셨나요? 한 부분이라도 즐겁거나 관심이 가셨다면 저도 기쁘겠습니다. 어느 누구에게나 자신만의 해변이 있다고 생각합니다. 단지 떠다니는 (혹은 마음에 드는) 위치가 조금 다를 뿐. 그래도 조류는 늘 흐르니까 혹시 마주치면 "어이~" 하고 반갑게 인사하면 좋겠습니다. 한동안 안 뛰어든 분이 있다면 맘 내킬 때 풍덩하시길. 시원하고 좋다니까요.

일광전구 iklamp.co.kr

아름다운 전구를 만드는 소중한 전구회사. 이렇게 한 가지를 꾸준하게 만든다는 것. 참 고맙고 멋지다는 생각이 듭니다.

아스트로 라이팅 astrolighting.com

벽에 부착하는 조명을 하나쯤 달아보고 싶다면 이 영국 회사를 살펴보시길. 우리나라 수입원 표시도 되어 있고 수입 제품치고는 가격도 충분히 납득이 되는 정도. 10만 원대의 작은 조명도 꽤 많은 걸로 알고 있습니다.

파로 바르셀로나 faro.es

천장에 나무로 된 실링팬을 한 번쯤 달아보고 싶으셨다면 이 스페인 회사도 괜찮을 듯. 'LANTAU'라는 모델이 나무입니다. 전압이 우리랑 같으며 경사면에도 설치 가능하고 회전 방향을 바꿀 수 있어 여름과 겨울에 유용합니다. 독일 아마존에서 구입하시고 배송대행을 이용하는 것이 가장 좋음. 340유로. 조명을 생산하기도 합니다.

콰르타래드 quartarad.com

내 주변의 방사능 수치가 궁금하다면 콰르타래드사에서 나온 휴대용 방사능 측정기 RADEX rd-1503. 초정밀 측정기는 매우 고가이고 시간도 많이 걸리지만 생활 방사능 위험 수치를 즉시(1분 전후로) 파악하는 정도로는 손색이 없다고 평가받고 있는 물건. 마트 수산물 코너에서 종종 들고 있게 될 듯. 아마존에서 150달러 정도.

튠파인드 tunefind.com

외화, 미드를 볼 때 너무 좋은 음악이 나오는데 어떤 곡인지 알고 싶다면. 개인적으로는 최근에 ⟨오자크Ozark⟩라는 미드를 아주 재밌게 보고 찾아봤더랬습니다. 작곡가는 데니 벤시(Danny Bensi)와 손더 유리안스(Saunder Jurriaans).

와사라 wasara.co.kr

선이 고운 종이 그릇. 그림을 그려 넣는다면 정말 재미있겠다고 생각했던. 자판기 컵과는 많이 다른 유려한 모양이지만 규격이 동일해서 겹겹이 쌓을 수 있는 점은 같습니다.

틴에이지 엔지니어링 teenageengineering.com

건전지 하나로 작동되는 드럼머신 PO-12. 리듬 위주의 드럼 패턴을 만들 수 있는 단순한 기판 형태여서 인두로 라디오 기판에 납땜을 하던 추억이 절로 떠오릅니다. 포터블 키보드나 재미있는 악기를 생산하는 귀여운 회사.

코우너스 corners.kr

내 그림을 소량으로 인쇄하는 특별한 방법 중 하나. 판화의 느낌이 물씬 나기도 합니다. 인쇄 원리와 의뢰 방법은 홈페이지에 정갈하게 소개되어 있으니 한 번만 시도해보면 그 다음부터는 어렵지 않을 듯. 소량이라 가격도 상당히 저렴한 편입니다.

아이폰 사진 공모전 ippawards.com

내 손으로 찍은 거라고 믿기지 않는 아이폰 사진이 있을 때 아이폰 사진 공모전에 출품해본다면… 혹시 내가 위너가 될지도 모르죠.

프린트페어 printfair.co.kr

위와 같은 사진을 작품급으로 프린트하고 싶을 때. 방문하면 사진 프린트에 대해 잘 몰라도 친절하게 안내받을 수 있습니다. 다만 전화는 미리 하고 가시길. 프린트라는 과정은 시간을 은근히 잡아먹습니다.

그림방아트
「액자를 하세요, 제발」에 소개했던 헤이리 액자집. 경기도 파주시 탄현면 헤이리마을길 59-30, 하동 1층. 031-941-5730.

와치캣 watchcat.co.kr
「좀 저렴한 발음이긴 하지만」에 소개했던 '줄질'에 최적화된 사이트. 나토, 줄루 밴드도 종류가 색깔별로 구비되어 있지만 다른 수많은 밴드 중 일부일 뿐입니다.

나이트 아이즈 niteize.com
「아름다움에 대한 A의 관점」에서 소개한 키체인(Infini-Key key chain)을 만드는 회사. 재미있는 생활소품을 많이 만들지만 그나마 키체인 류가 가장 괜찮은 편.

나를 만든 세계, 내가 만든 세계
'아무튼'은 나에게 기쁨이자 즐거움이 되는,
생각만 해도 좋은 한 가지를 담은 에세이 시리즈입니다.
위고, **제철소**, **코난북스**, 세 출판사가 함께 펴냅니다.

아무튼, 쇼핑

초판 1쇄 2017년 9월 25일
초판 3쇄 2021년 2월 25일
지은이 조성민
펴낸이 이재현, 조소정
펴낸곳 위고
제작 세걸음
출판등록 2012년 10월 29일 제406-2012-000115호
주소 경기도 파주시 회동길 290 206-제5호
전화 031-946-9276
팩스 031-946-9277

hugo@hugobooks.co.kr
hugobooks.co.kr

©조성민, 2017

ISBN 979-11-86602-30-0 02810

이 도서의 국립중앙도서관 출판예정도서목록(CIP)은
서지정보유통지원시스템 홈페이지(http://seoji.nl.go.kr)와
국가자료공동목록시스템(http://www.nl.go.kr/kolisnet)에서
이용하실 수 있습니다.(CIP제어번호: CIP2017023509)